KB194424

부사가 없는,
삶은 없다

부사가 없는, 삶은 없다

소위 에세이

채륜서

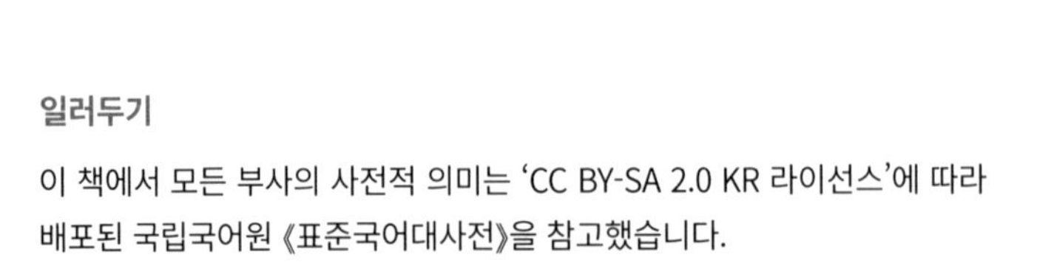

일러두기

이 책에서 모든 부사의 사전적 의미는 'CC BY-SA 2.0 KR 라이선스'에 따라
배포된 국립국어원 《표준국어대사전》을 참고했습니다.

프롤로그

숨바꼭질

대체로,

너무, 아무리,

결코, 제발, 억지로,

언젠가, 설령, 감히, 아무튼,

어차피, 만약, 하염없이, 그럭저럭, 갓,

하필, 자꾸, 거의, 하마터면, 무턱대고, 일단,

지금, 유난히, 이토록, 가끔, 도저히, 또다시, 가장,

문득, 벌써, 기어이, 꾸준히, 비록, 언제나

어쩌면, 차마, 미처, 무심코, 설마, 혹시,

괜히, 솔직히, 함부로, 갑자기, 잠시,

오직, 먼저, 함께, 당연히, 반드시,

아마, 과연, 아직, 거저, 덜,

더, 아예, 제대로,

마침내

삶의 이면엔 수많은 부사가 숨어 있습니다. 부사 하나가 하루를, 한 달을, 혹은 일 년을 지배하기도 하지요. 언어의 방구석을 이리저리 뒹굴다 우연히 만난 부사들과 함께 삶에 대한 녹진한 이야기를 나누었습니다. 그 신기루 같던 날들의 단상을 여기에 담았습니다. 부사로부터 수수께끼 같은 삶에 대한 작은 실마리 하나만이라도 얻을 수 있기를 기대하면서 말이죠.

오랜 시간 무심히 스쳐 지나가는 부사들을 삶으로 초대해 그들이 들려주는 이야기에 귀 기울여 왔습니다. 부사의 말을 벽돌 삼아 글을 지으면서 이 모든 게 운명 같다고 생각했습니다. 우연처럼 다가와 가슴에 진하고 깊은 족적을 남기고 떠나는 부사들, 저는 그들이 남긴 자취를 보면서 삶에 대해 더 깊이 생각해 볼 수 있었고 사랑과 꿈, 용기와 관용 같은 소중한 가치들을 다정히 품에 안아 볼 수도 있었습니다.

수많은 부사 속에서 울고 웃으며 제가 찾으려고 했던 것은 결국 '나는 누구인가?'라는 물음에 대한 답이었습니다. 살아 숨 쉬는 육체를 가지고 있고 의식을 관통하는 '나'라는 존재를 느끼고 있지만 그렇다고 해서 '나'를 전부 안다고 말할 수는 없습니다. 글을 쓰기 시작하면서부터 비로소 잡힐 듯 잡히지 않던 '나'라는 존재에 좀 더 가까이 다가갈 수 있었습니다. 여전히 암흑 같기도 안갯속 같기도 하지만, 부사들이 놓아 준 내면의 다리를 건너는 동안 저는 스스로와 더 가까워질 수 있었습니다. 그리고 저 아닌 존재들에 대한 사랑도 한 뼘쯤은 자라날 수 있었죠.

숨바꼭질하는 아이가 되어 여기저기 두리번거렸지만 저는 여전히 술래입니다. 뒤늦게 알게 된 사실 하나는 어딘가에 숨어 있을 줄 알았던 삶의 진실은 생각보다 선명한 얼굴로 매 순간 우리 곁에 함께 있었다는 것입니다. '나는 누구인가?'라는 물음으로 시작했던 숨바꼭질은 삶은 '살아지는 게 아니라 살아가는 것이다'라는 작은 깨달음 하나를 얻은 채 일단락되었습니다. 그러니 앞으로의 삶에서도 저만의 숨바꼭질은 계속되어야 하겠지요.

'나'를 찾아가는 여정에서 탄생한 이 책이 누군가에겐 위로와 공감이 되고 누군가에겐 이해와 수용이 되기를 바랍니다. 제가 건네는 부사들을 다릿돌 삼아 삶에서 맞닥뜨리는 고통의 순간들을 조금은 가벼이 넘어가고, 그동안 외면해 왔던 삶의 민낯을 다정히 쓰다듬을 수 있게 되기를 두 손 모아 기도하겠습니다.

부사가 없는, 삶은 없으니까요.

차례

4장 너와 나, 관계의 벽을 넘고 넘어

5장 세상 속에 온전히, 세상에 대고 오롯이

가족에 대한 사랑은 일방적인 것이 아니라
주고받는 것임이 분명하다.
이 세상에 가족을 가지기에 부족하거나
모자라는 사람이란 없는 것이다.
책임감이나 부담감으로 사랑을 피해 다니려고만 했던,
내 마음의 오래된 장벽을 이제는 뛰어넘고 싶다.

1장

가족,
굴레가 아닌
사랑으로

대체로, 나의 결혼은 행복하다

대체로 • 요점만 말해서
• 전체로 보아서. 또는 일반적으로

에쿠니 가오리의 《당신의 주말은 몇 개입니까》는 분명 사랑에 대한 에세이였다. 하지만 그녀의 소설을 읽으면서 느꼈던 애틋한 사랑의 설렘 같은 건 전혀 찾아볼 수 없었다. 쓸쓸하고 권태롭지만 어쩔 수 없이 몸과 마음이 기대어지고 들러붙게 되는 이상한 사랑, 그것은 남녀간의 사랑과는 조금 결이 다른 부부간의 사랑 이야기였다. 책장을 덮고 잠시 남편의 무표정한 얼굴을 바라보았다. 열정 따윈 남김없이 증발해 버린 시시한 사랑이지만, 나는 '대체로' 이 결혼에 만족하고 있다는 생각이 들었다.

'대체로'는 완벽하지는 않지만 전반적으로 그러한 상태 혹은 전부는 아니지만 적당히 가득 차 있는 상태를 말한다. 생각해 보면 인생이란 '대체로'를 인정하고 받아들이는 과정이 아니었던가 싶다. 젊었을 땐 유독 완벽하고 온전한 것을 갈망했다. 무엇을 하든 충만하지 않은 것에 대한 갈급함이 따라다녔다. 빈틈은 언제나 나를 불안과 초조라는 망망대해에 빠뜨렸고 젊음의 미숙함 속에서 허우적거리게 했다. 하지만 완벽한 사랑도 빈틈없는 행복도 존재하지 않는다는 사실을 수많은 실패와 좌절, 그리고 상처를 통해 깨달았다. 울며 겨자 먹기로 '대체로'에 만족하며 사는 법을 터득하게 된 것이다. 그리고 이제는 애써 노력하지 않아도 이렇게 말할 수 있다.

대체로, 나의 결혼은 행복하다.

나를 만나기 위해 밤이고 낮이고 달려오던 남자는 이제 집에 가면 쉽게 만날 수 있고 언제나 자기를 기다리고 있는 나를 향해 숨 가쁘게 뛰어오지 않는다. 나의 표정 하나하나에 예의주시하던 남자는 이제 일일이 말로 하지 않으면 마음을 전혀 알아채지 못한다. 때로는 말을 해도 못 알아듣거나 적당히 무시해 버리기도 한다. 우리 사이에 축제처럼 펼쳐지던 '낯선 장소, 색다른 음식, 설레는 경험'은 사라지고 '익숙한 집, 내가 만든 집밥, 우리들의 체취가 밴 일상'만이 남아 있을 뿐이다. 에쿠니 가오리가 긴 여행을 가게 되었다고 말했을 때, 남편의 첫마디가 '그럼 밥은?'이었다고 했다. 실소가 터져 나왔지만 내 곁에 있는 남자라고 다르다고 부정할 수도 없었다. 어쩌면 부부란 밥을 먹기 위해 함께 사는 게 아닌가 하는 의문이 드는 날들도 많았기 때문이다. 그런데도 나는 또다시 생각하는 것이다. 나의 결혼은 '대체로' 행복하다고.

같은 것을 봐도 전혀 다른 생각을 하는 사람, 통하는 것보단 어긋나는 것이 더 많은 사람, 감정을 표현하는 방식이 다른 사람, 생활 방식과 세상에 대한 가치관이 다른 사람, 애초에 모든 게 나와는 다른 사람. 그러나 나는 그 다름이 익숙해서 놀라지 않는다. 그가 아플 때, 그가 건강할 때, 그가 화낼 때, 그가 웃을 때 그의 얼굴이 어떻게 변하는지도 잘 안다. 그래서 어떤 얼굴을 하고 있더라도 놀라지 않는다. 낯설지 않다는 건 그 자체로 엄청난 매력이 되어 버린다. 낯설면 불안하고 불안하면 두려워지기 때문이다. 이제 나는 그를 보며 불안해하지 않는다. 그래서 '대체로' 그를 믿을 수 있다.

우리 역시 처음 만났을 땐 수도 없이 다퉜다. 다툼의 원인을 한 꺼풀, 한 꺼풀 벗겨 내다 보면 가장 밑바닥에 남는 건 불안이었다. 사랑하지만 믿을 수 없는 상대를 향해 '믿음을 달라. 사랑을 증명해 달라.'며 무수한 칼날을 휘둘렀다. 그러고는 상대에게 난 상처를 보고는 미안해서 안절부절못했고 내게 난 상처에는 화가 나서 쩔쩔맸다. 불안이 더는 참을 수 없는 지경에 이르면 이별이란 백지수표를 상대의 얼굴에 던져 버리기도 했다. 상대가 그 백지수표를 받아 버린다면 관계는 끝나는 거였다. 하지만 매번 내가 내민 백지수표를 그 자리에서 박박 찢어 버린 남편 덕분에 우리의 관계는 무너지지 않았다. 어쩌면 '대체로' 그가 우리의 관계를 지켰다.

그가 우울증으로 고통스러워할 때, 나는 동정심, 의리, 사랑 그중 하나이거나 아니면 그 모든 것인 마음으로 그의 곁을 지켰다. 허물어져 가는 일상을 바라보고 있을 때면, 내 안에 오래 감금되어 있던 불안이란 사냥개가 목줄을 끊고 뛰쳐나와 거칠게 짖고 날뛰며 삶을 짓밟으려고 했다. 하지만 끝까지 그것과 맞서 싸웠다. 남편이 오랜 세월 주었던 사랑과 믿음으로 어느새 나는 불안과 맞대결할 수 있을 정도로 강해져 있었기 때문이었다. 그리고 이번엔 내가 우리의 관계를 지켰다.

그렇게 우리는 오랜 시간 부부라는 형태로 함께 살고 있다. 그것에 굳이 사랑이란 이름을 붙여도 붙이지 않아도 상관없다. 에쿠니 가오리의 말을 빌려 '들러붙는다'라는 표현을 쓰고 싶다. 나는 여전히 그에게 들러붙어 있고 싶고 앞으로도 그럴 것이다. 그가 기댈 만큼 강한 사람이라서가 아니다. 믿을 만한 사람이냐 아니냐도 중요하지는 않다. 이미 내가 그를 믿고 그에게 기대게 되었을 뿐이다.

대체로, 나의 결혼은 행복하다.
사랑은 안녕하지 않더라도

너무, 미안해하지는 않을 거야. 아빠!

너무 • 일정한 정도나 한계를 훨씬 넘어선 상태로

'너무'는 정상 범위를 넘어설 정도로 지나치게 치우쳐 있는 상태를 일컫는 부사이다. '너무'라는 말 자체에는 이미 그렇게 하는 것은 위험하다는 의미가 내포되어 있다. '너무' 뒤에 부정적인 말이 나오면 말할 것도 없고, 긍정적인 말이 나오더라도 마찬가지이다. 어떤 말이라도 '너무'와 만나면 경고나 위협으로 바뀌어 버리게 된다. 좋은 쪽이든 나쁜 쪽이든 한쪽으로 치우치거나 극단으로 몰리는 것은 부담스러운 일이다. 세상에 '너무' 해도 괜찮은 것이 있기나 할까?

아빠가 세상을 떠난 지 어느새 오 년이 넘었다. 갑작스러운 이별이었지만 그다지 큰 충격을 받지 않았고 삶이 심하게 휘청거리지도 않았다. 나란 사람은 원래 반응 속도가 조금 느린 편이다. 이따금 떠오르는 아빠의 모습을 추억하면서 아주 천천히 애도했을 뿐이다. 그리고 나의 애도는 지금도 끝나지 않았다. 자식이라면 누구나 느낄 돌아가신 부모에 대한 뒤늦은 회한이 '죄의식'이라는 깃발이 되어 가슴 정중앙에 꽂혔고, 나는 종종 그 앞에서 무릎을 꿇고 속죄해야만 했다. 하지만 마음

한구석에선 비슷한 크기의 억울함이 고개를 불쑥 쳐들곤 했다. 혼란스러운 가운데 반항하듯 울먹였다.

너무, 미안해하지는 않을 거야. 아빠!

——

내가 쓴 글 속에서 '아빠'라는 존재는 대부분 부정적으로 그려져 있다. 허구의 상황을 담은 소설에서조차도 좋은 아빠의 모습을 그릴 수가 없었다. 좋은 아빠가 어떤 얼굴로 어떤 말을 하고 어떻게 행동하는지 잘 알지 못하기 때문이었다. 경험하지 못한 걸 억지로 꾸며 쓰는 일만큼 가식적인 게 있을까? 사람들은 외동딸과 아빠 사이엔 살갑고 애틋한 무엇이 존재할 거라고 상상하지만, 우리 사이에는 이렇다 할 감정의 연대가 전혀 없었다. 이제 와 고백하건대 아빠에 대한 맹목적인 미움이 모든 진실을 가리는 눈가리개 역할을 해 왔던 것이었다. 하지만 그 모든 게 전적으로 혼자만의 잘못이라고 생각하지는 않는다. 기나긴 세월 나도 아빠로 인해 많이 고통스러워해야 했기 때문이다.

병든 엄마가 어린 내 손을 잡고 가출을 감행한 그날부터 마음속엔 절대로 무너뜨릴 수 없는 벽이 하나 생겼다. 둘이 다시 살림을 합치고 출생 신고를 해서 나를 세상에 존재하는 사람으로 만들어 줬다고 해도 그 벽은 절대로 무너지지 않았다. 나는 엄마를 내가 쌓은 벽 안쪽에 숨겨 두었고 아빠는 담 바깥쪽으로 멀리 밀어내 버렸다. 나 자신도 아빠가 있는 쪽으론 단 한 발짝도 가까이 다가가지 않았다. 엄마를 지키기 위해선 그 벽을 절대로 무너뜨려선 안 된다고만 생각했다. 아빠가 언젠가 벽을 부수고 들어와 엄마와 나를 해칠지도 모른다는 막연한 두려움에 떨었다. 엄마를 괴롭히는 사람이라면 내게도 유해한 존재라는 결론을 내려 버렸고, 무능하고 폭력적이기만 한 아빠를 거침없이 증오했다.

하지만 엄마의 남편이기 이전에 나의 아빠이기도 한 사람이었다. 왜 아빠를 한 번도 제대로 마주 보려 하지 않았던 것일까? 어리석게도 나는 인생을 오로지 엄마의 딸로서만 살아온 거였다. 부모를 객관적으로 판단하기에 너무 어렸던 때 엄마의 하소연에만 매몰되어 아빠를 향한 눈과 귀를 너무 성급히 닫아 버린 것이다. 그리고 어른이 된 뒤엔 이미 관성처럼 굳어 버린 아빠와의 관계를 어디서부터 어떻게 되돌려야 할지 막막했다. 아니 되돌릴 필요도 없었고 그러기엔 너무 늦었다고 생각해 외면해 버렸다.

아빠를 증오하며 사는 삶이란 참으로 허무한 것이었다. 아빠를 적으로 여기는 한 나란 존재 역시 한없이 무의미하고 초라했다. 이제 돌아가신 분은 아무런 말이 없다. 하지만 마음속으로 묻곤 한다. 당신은 어떤 사람이었나요? 당신은 그때 왜 그랬나요? 당신은 엄마를, 그리고 나를 정말로 사랑했나요? 눈가리개를 벗고 오로지 아빠를 한 사람이자 한 남자로 다시 보기 위해 노력했다. 그러자 많은 것들이 달리 보이기 시작했다.

좀처럼 보이지 않던 아빠의 사랑이 부지불식간에 떠오를 때가 있다. 당시엔 아무런 의미도 부여하지 않았거나 무심코 스쳐 지나갔던 작은 행동들이 어느 날 갑자기 생생한 생명을 얻고 되살아나는 것이다. 그렇게 부활한 아빠의 사랑은 불행히도 나의 죄책감으로 연결되고 만다.

나는 평생토록 아빠의 사랑을 알아주지도 인정해 주지도 않았던 무심하고 냉정하기만 한 딸이었으니까.

하지만 아빠에게 '너무' 미안해하지는 않으려 한다. 오랜 시간 아빠를 외면하면서 나를 미워한 만큼 아빠에게 미안해하면서 또다시 나를 미워하며 살고 싶지는 않기 때문이다. 돌아가신 아빠도 이해해 줄 거라고 믿는다. 모두의 삶에는 그렇게 할 수밖에 없었던 피치 못할 사정이 있다고 생각한다. 그리고 그런 구차한 변명의 밧줄을 붙들고 매달려서라도 내 삶을 나락으로부터 구원하고 싶다.

우리는 늘 멀리에 있었지만 진짜로 남이었던 적은 단 한 번도 없었다. 죽는 순간에도 나는 분명 아빠를 떠올릴 것이다. 그래서 더욱더 아빠에게 '너무' 미안해하며 살지는 않기로 한다. 대신 살아 있는 동안 아빠를 떠올리면서 암호 같기만 했던 당신의 사랑을 혼자서 열심히 해독해 보려 한다. 아무리 사소한 것일지라도 아빠를 더는 미워하지 않을, 아니 아빠를 조금이라도 더 사랑할 수 있게 될 갖가지 이유를 보물찾기하듯 샅샅이 찾아내면서 말이다.

너무, 미안해하지는 않을 거야, 아빠!
이제라도 당신의 사랑을 열심히 해독해 볼게요.

아무리, 생각해도 난 너를

아무리 • 정도가 매우 심함을 나타내는 말
• 비록 그렇다 하더라도

'아무리'를 생각하는 순간 오래전에 보았던 드라마 <연애시대>에 나온 노래 한 곡이 떠올랐다. 계속해서 입가를 맴도는 노랫말 '아무리 생각해도 난 너를'. 무슨 짓을 해도 도저히 벗어날 수 없는 너, 마약처럼 중독되어 끊을 수 없는 너 때문에 애달픈 마음이 펄펄 끓는 물처럼 가슴 밖으로 자꾸만 흘러넘친다. '아무리'는 아스라이 먼 대상을 향한 애절한 몸부림이 담겨 있는 부사이다. 살면서 그렇게 간절히 바라거나 포기할 수 없었던 것들이 있었던가? 내 삶의 열정을 찬찬히 되돌아보게 만드는 '아무리'. 그래서인지 '아무리'를 품고 다니는 지난 며칠 동안 소중한 무언가를 잃어버린 사람처럼 가슴이 자꾸만 허전했었다.

아무리, 생각해도 난 너를

—

'너'는 우리가 욕망하는 대상 모두를 의미한다. 사랑이나 꿈, 부 등 무엇이든지 될 수 있을 것이다. 아무리 사랑해도 연인은 떠나 버렸고 아무리 노력해도 꿈은 늘 멀리에 있었다. 아무리 버리려 해도 나쁜 습관은 좀처럼 고쳐지지 않았고 아무리 아등바등 살아도 가난에서 벗어나지는 못했다. '아무리'는 나의 삶을 배반하기만 하는 차갑고 잔인한 현실을 속속들이 일깨워 주는 듯하다. 하지만 현실이 그렇다고 해서 마음을 단칼에 멈출 수는 없는 노릇이다. 그것이 '아무리'란 부사가 탄생한 이유 아닐까? 소용없다는 걸 알면서도 계속해서 마음과 행동이 한 방향으로 직진하기만 할 때, 우리는 답답하고 절박한 마음을 담아 '아무리'라고 하소연하는 것이다.

'아무리'의 그 멈출 수 없음을 사랑한다. 그것이 도달하는 결과가 결국 원하던 것과 정반대일 뿐일지라도 상관없다. 어차피 살면서 실패나 좌절을 더 많이 겪어 오지 않았던가? 그럼에도 불구하고 계속해서 어딘가에 도달하거나 무언가에 닿기 위해 애쓰는 마음, 그 지극한 열정을 동경하는 것이다. 사랑이든 꿈이든 그것을 향한 한도를 초과하는 강렬한 마음이 인생을 좀 더 충만하게 만들어 준다고 생각하기 때문이다.

아침마다 나는 아들의 안경을 깨끗이 닦아 주는 것으로 하루를 시작한다. 뿌연 안경알을 꼼꼼히 문질러 닦으면서 아이의 하루도 밝고 환해지기를 기도하는 것이다. 초등학생이니 혼자서도 충분히 할 수 있는 일이다. 하지만 잔소리 한마디 하지 않고 매일같이 같은 일을 반복하고 있다. 앞으로도 아이가 스스로 하겠다며 거부하는 날이 올 때까지는 계속해서 해 줄 생각이다. 오늘 아침 안경알을 닦다가 불현듯 돌아가신 아빠가 떠올랐다. 아빠에게도 삼백육십오 일 아침마다 반복하는 일이 한 가지 있었다. 그것은 나의 오래되고 낡은 자동차를 직접 닦아 주는 일이었다. 내가 출근하거나 외출하는 날이면 반드시 걸레를 들고 나가 손수 닦아 주었다. 한겨울에도 새벽같이 일어나 손이 꽁꽁 얼어 가면서 물걸레질을 했다. 그때는 아빠의 수고가 그다지 고맙지 않았다. 주유하면 공짜로 기계 세차를 해 주는 곳도 있는데 굳이 왜 힘들게 손으로 닦는지 이해가 되지 않았다. 내 삶을 간섭하듯 내 차도 가만 놔두지 못하는 것만 같아 못내 불만스러운 적도 많았다. 그러고 보면 아들도 지금 내가 하는 행동에 무감하거나 마음속으로는 조금 귀찮다고 여기고 있을지도 모르겠다.

아들을 향한 마음과 행동에서 '아무리'를 읽는다. 동시에 아빠가 나에게 품었던 '아무리' 역시 떠올린다. 아들도 언젠가는 엄마의 마음을 깨닫는 순간이 올 것이다. 과거의 내가 아빠의 마음을 알아주지 못했다 해도 많이 미안해하지는 않으려고 한다. 지금 내가 나의 마음을 몰라주는 아들에게 그다지 서운하지 않은 것처럼 그때의 아빠도 그랬을 테니까. '아무리'의 마음을 가장 잘 대변해 주는 게 부모의 사랑이 아닐까 싶다. 어떻게 해도 그 마음을 멈출 수는 없으며 영원히 변하지도 않기 때문이다. 아무리 생각해도 난 너를, 아무리 힘들어도 난 너를, 아무리 멀어져도 난 너를 사랑할 수밖에는 없는 것이다.

그동안 써 놓은 소설들을 공모전에 보내며 또다시 '아무리'를 떠올렸다. 아무리 고치고 또 고쳐도 부족하기만 한 소설, 아무리 노력하고 안간힘을 다해도 메마른 사막같이 바닥이 드러나는 재능. 그렇다 해도 나는 한결같은 마음으로 쉬지 않고 써 왔다. '아무리' 힘들고 지쳐도 글쓰기를 사랑할 수밖에 없었으니까. 소설에 대한 갈망 역시 멈출 수는 없었으니까.

당신의 '아무리'도 그간 많이 지치고 힘들었을 것이다. 무릎이 꺾이고 고개를 떨구어야 할 일들을 숱하게 겪었을 것이다. 오늘 나는 '아무리'란 부사를 가슴에 안고 멈출 수 없는 사랑과 꺾을 수 없는 꿈에 대해 생각했다. 하지만 결코 슬퍼하거나 절망에 빠지지는 않았다. 너무하다 싶을 정도로 강렬한 '아무리'의 마음 앞에서 겸손하게 두 손을 모으고 감사하려 한다. 나에게 '아무리'의 마음을 품어 준 아빠와 내가 '아무리'의 마음을 품을 수 있게 해 준 아들에게, 그리고 나의 글에도.

아무리, 생각해도 난 너를
사랑할 수밖에는 없다.

결코, 너를 보낼 수는 없어

결코 • 어떤 경우에도 절대로

'결코'는 주로 부정문에 쓰인다. 그것도 아주 강력한 부정을 표현할 때 쓰는 부사이다. '하늘이 두 쪽이 나도, 내 눈에 흙이 들어가도' 결코 할 수 없다는 의지 혹은 절대로 아니라는 부정의 의미가 담겨 있는 것이다. 하지만 세상에 그런 일이 존재하기는 할까? '결코'라는 부사를 머리에 얹고 이리저리 생각을 굴려 봤지만 마땅한 답이 떠오르지 않았다.

그러다 문득 나희덕의 〈허공 한 줌〉이란 시가 스쳐 지나갔다. 죽은 엄마는 난간에서 굴러떨어진 아기를 살려야 한다는 생각에 죽어서도 정말로 죽지 못하고 아기를 안고 병원으로 달려갔다. 그리고 아기가 무사하다는 걸 확인하고 나서야 비로소 마음 놓고 죽을 수 있었다. 이 시를 처음 읽던 날 나는 아들의 어릴 적 추락 사고가 떠올라 한동안 심장이 멎은 듯 먹먹했었다. 허공 한 줌이라도 움켜쥐려는 절박함, 죽어서도 놓아줄 수 없는 절절함이 자식에게만은 성립할 수 있겠구나 싶어서였다.

결코, 너를 보낼 수는 없어.

———

살면서 겪는 수많은 고통 중 '결코' 받아들일 수 없는 일이 있다. 그것은 사랑하는 이의 죽음일 것이다. 특히 그 대상이 자식이라는 건 도저히 상상할 수조차 없는 일이다. 자식을 잃는다는 말은 입에 담기조차 힘들기에 '참척을 당하다'라는 말로 돌려 표현하기도 한다. 차마 말로 하기 불경스러운 일이고 생각하는 것만으로도 두렵고 끔찍한 비극이다. 박완서는 '한 말씀만 하소서'에서 아들을 잃은 참척의 고통을 처절하게 고백했는데 그 고통의 크기는 감히 제정신으로 가늠하기 어려울 정도였다. 한 글자 한 글자 피눈물로 기워 놓은 글을 읽으며 함께 통곡하는 마음이 될 수밖에 없었다.

이렇게나 무거운 '결코'라는 부사를 우리는 너무 쉽게 사용하곤 한다. 세상을 그리고 사람을 내 뜻대로 조종할 수 있으리라는 오만을 품고 권력을 함부로 휘두르는 것이다. 자식에게, 배우자에게, 친구에게, 연인에게 심지어는 신에게조차 종종 '결코' 안 된다거나 '결코' 아니라고 주장한다. 그런데 결코 아니라고 하는 것들이 정말로 아니었던가? 결코 일어나서는 안 된다고 하는 일들이 진짜로 일어나지 않았던가? 돌이켜 보면 아무리 거부하고 도망쳐도 일어날 일은 반드시 일어나고야 말았다. 그리고 내가 내린 세상에 대한 정의는 맞을 때보다 틀릴 때가 더 많았다. 운명은 언제나 배반이란 칼날을 등 뒤에 숨기고 태연히 웃고만 있었다. 그러니 나의 '결코'는 무참히 부서져 버릴 때가 더 많았다.

엄마에게 한 번도 제대로 물어보지 못했다. 열브스름한 빛 너머에서 형체마저 점점 흐릿해져 가는 아이, 진짜로 세상에 존재하기는 했었는지 이따금 의심스러워지는 아이, 오로지 내 옅은 기억 속에서만 간신히 살아 숨 쉬고 있는 아이, 아무런 흔적도 남기지 않은 채 세상에서 영원히 사라져 버린 아이, 그 아이는 바로 여동생 소정이었다. 그 아이에 대해 궁금해하는 게 왠지 죄스러웠다. 이유 없는 죄의식에 사로잡혀 엄마의 눈치를 봐야만 했다. 하지만 내내 기억하고 있었다. 곁에 누워 있던 아기의 여린 숨결과 꺼질 것처럼 미약했던 자그마한 온기를. 나는 자라면서 주워들은 이야기에 머릿속에 남아 있던 기억의 파편들을 짜깁기해 몇 개의 장면들을 꽤 선명하게 되살려 낼 수 있었다. 그렇게 사진처럼 각인된 장면들을 가슴에 품은 채 이따금 꺼내 보면서 동생을 추억했다.

죽은 동생에 대한 희미한 그리움과 동정심, 그리고 약간의 부채감을 지닌 채 살았다. 못 견딜 정도의 고통은 아니었다. 제대로 피지도 못하고 이른 서리에 꽃잎을 떨군 코스모스처럼 안타깝고 안쓰러운 존재일 뿐이었다. 그것이 아주 짧은 시간을 함께한 피붙이에게 품을 수 있는 마음 전부였다. 엄마의 상실과 고통에 대해서도 그다지 깊게 들여다보지 않았다. 사실은 내가 엄마가 되고 난 후에야 불현듯 깨달았다. 동생의 죽음이 엄마에게 어떤 의미를 지니는 것인지를. 죽은 자식의 눈을 손으로 쓸어 감기고 뒷산에 직접 파묻어야 했던 젊은 엄마의 상처와 고통, 절망과 한을 아주 뒤늦게야 알아본 것이다.

임신 초 하혈을 했을 때, 임신 중 교통사고를 당했을 때, 어린 아들이 옥상에서 추락했을 때 온몸의 피가 거꾸로 솟고 몸 안의 숨이 한꺼번에 빠져나가 버리는 것 같았던 순간들을 지금도 생생히 기억한다. '결코' 너를 보낼 수는 없다며 온몸으로 거부하며 몸부림치던 절규를 잊지 못한다. 그런데 기구한 나의 엄마는 배 속의 아이와 갓 낳은 아이, 그리고 키우던 아이까지 여러 명의 자식을 잃었다. 엄마의 심장에는 참척의 화살이 일말의 자비도 없이 수차례 박힌 것이다.

'결코'라는 부사를 들여다보면 그 처절한 고통이 되살아난다. '결코' 너를 보낼 수 없다는 절박한 외침이 귓가를 울리고 가슴을 후벼 판다. 허공을 향한 간절한 움켜쥠이 눈앞에 선히 보이는 것만 같다. '결코'는 삶에서 정말로 겪고 싶지 않았던 고통을 상기하게 하고, 아무리 도망치려 해도 벗어날 수 없었던 잔인한 운명이 들이닥친 순간을 떠오르게 한다. 우리는 '결코'를 부르짖는 것 말고는 속수무책이지 않았던가? 허나 나는 운명 앞에서 허망하게 무릎 꿇지는 않겠다. 허공을 향해 뻗은 손을 아프도록 꽉 움켜쥐고서라도 '결코' 내 아이를 놓지는 않을 것이다.

결코, 너를 보낼 수는 없어.

죽어서도 정말로 죽을 수는 없을 테니까.

제발, 신이시여 제발

제발 • 간절히 바라건대
• 몹시 꺼리고 있음을 이르는 말

어린 시절, 가톨릭 신자였던 나는 마음속으로 하느님께 참 많은 것들을 빌었다. 어처구니없을 정도로 사소한 것들도 온 마음을 다해 간절히 기도했다. 그때는 나의 '제발'에 담긴 소망이나 염원이 부끄럽다고 생각하지 않았다. 그냥 주어진 생의 순간에 최선을 다해 집중하는 것일 뿐이었다. 간절히 바라는 대상이 무엇이든 그것의 경중을 따지지 않았고 누군가로부터 소망의 정당성이나 적정성을 평가받을 필요도 없었다.

지금 곁에 있는 아들을 보면서 그때의 나를 떠올린다. 어른의 눈으로 보기엔 참으로 사소한 것들을 위해 아들은 '제발'을 외친다. 장난감을 가지고 싶은 마음, 시험을 잘 보고 싶은 마음, 보드게임에서 이기고 싶은 마음, 친구와 뛰어놀고 싶은 마음, 좋아하는 음식을 먹고 싶은 마음. 아들의 가슴속엔 꾸밈없는 '제발'의 바람들이 가득 담겨 있다. 어린아이처럼 온 마음을 다해 원하는 게 있다는 건 얼마나 순수하고 기분 좋은 일인가?

제발, 신이시여 제발

엄마는 부정맥이 재발할 때마다 응급실에 가고 있다. 그럴 때마다 병원에서는 전기 충격을 해서 심장을 치료해 준다. 심장 제세동기를 이용한 전기 충격은 생사를 넘나드는 사람을 구하기 위한 응급 처치 수단이지만, 엄마처럼 심장이 제멋대로 뛰는 환자에겐 고장 난 기계의 전원을 껐다 켜듯이 심장의 맥박을 초기화시켜서 정상으로 박동하게 하는 치료 시술이기도 하다. 엄마는 한 달 만에 전기 충격을 다시 받았고 미친 듯이 빨리 뛰는 심장을 진정시킬 수 있었다.

오랜 세월 같은 일을 수도 없이 반복해서인지 이제는 약간 무덤덤해졌다. 그리고 그런 내가 때로는 끔찍하고 소름 끼치기도 하다. 손발이 덜덜 떨릴 정도로 두려워하면서 눈물바람으로 '제발'을 부르짖던 마음은 어느새 많이 퇴색해 버렸다. 이번에도 무사히 넘어가길 바라지만, 한편으론 언젠가 엄마의 심장이 더는 정상으로 돌아오지 못할 거라는 예감도 품고 있다. 그것은 거역할 수 없는 생사의 운명이기 때문이다.

응급실에 있다 보면 주변 환자들이 어디가 아파서 응급실에 들어왔는지 금세 알게 된다. 그날은 같은 구역에 있던 환자와 보호자들의 관심이 오직 한 환자에게로 집중되었다. 환자 정보에 적힌 나이 18세, 만 나이일 테니 고3 남학생일 거였다. 온통 칠팔십 대 노인들만 누워 있는 심뇌혈관 질환 응급실에 어찌 저렇게 어린아이가 있는 건지 의아했다. 알고 보니 엄마와 같은 증상을 지닌 부정맥 환자라고 했다. 그쪽 자리에서 일어나는 일들에 자꾸만 관심이 가고 의사와 보호자 사이에 오가는 대화도 귀담아듣게 되었다. 아이 역시 엄마처럼 심장 시술을 했는데 부정맥이 재발해 응급실에 온 것이었다. 아이의 맥박은 분당 150에서 170까지 미친 듯이 빨리 뛰고 있었다.

이런저런 약 처치가 듣지 않자 병원에서는 전기 충격을 해 보자고 했다. 아이는 처음 받는 시술인지 벌벌 떨면서 두려워했다. 한참을 고통 속에 몸부림치던 아이는 결국 전기 충격을 받기로 했고 응급실에 있던 환자와 보호자들, 그리고 병원 사람들 모두가 아이의 상태를 민감하게 주시하고 있었다. 그런데 전기 충격을 한 번, 두 번, 세 번 했는데도 아무 소용이 없는 거였다. 사람들은 일제히 탄식했다. 아이의 심장은 허공 속에서 무의미한 펌박질만 해 대고 있었고 마취에서 깨어난 아이는 고통스러운지 구토를 했다. 결국 엄마가 퇴원할 때까지도 아이의 심장은 정상으로 돌아오지 않았다.

병원에서 나온 뒤에도 내내 그 아이의 얼굴이 눈에 밟혔다. 아이가 짊어지고 가야 할 병마가 얼마나 힘겨울지 생각하니 하늘이 자꾸만 발밑으로 푹푹 꺼져 들어가는 것 같았다. 그리고 눈빛과 행동 하나하나로 '제발'을 끊임없이 울부짖던 아이의 아버지도 떠올랐다. 병실에 있던 모두가 소리 없는 아버지의 절규를 들었을 터였다. 아픈 심장으로 살아가야 할 아이와 자식의 고통을 지켜보면서 그보다 더 가슴 아파할 아버지가 너무나 가여웠다. 그래서 나는 마음속으로 빌었다. '제발 저 아이를 낫게 해 주세요.' '제발'이 빛을 발하는 순간은 자신의 어린아이 같은 소망이 아니라, 타인을 향한 기원의 마음이 담겨 있을 때가 아닐까? 어른이 된 후 '제발'과 멀어졌던 까닭은 나를 사랑하는 마음이 희미해졌을 뿐만 아니라 남을 위하는 마음도 더불어 미약해졌기 때문이라는 사실이 날카롭게 가슴을 그었다.

엄마는 하루 만에 다시 부정맥이 재발해 전기 충격을 받았다. 그리고 위가 아파 응급실, 가슴이 아파 응급실을 찾으면서 몇 날 며칠을 집보다 병원에서 더 많은 시간을 보내고 있다. '이제 갈 날이 얼마 남지 않았나 보다.'라며 탄식하는 엄마 앞에서 나는 아무 말도 할 수가 없었다. 도대체 어떡해야 한단 말인가? 지금 내가 매달릴 수 있는 것은 오직 '제발'뿐이다. 방황하던 젊은 시절, 십자가 앞에 무릎을 꿇고 앉아 한참을 빌곤 했다. 어린아이처럼 '제발'을 울부짖고 나면 신기하게도 다시 일어설 힘이 생겼다. 그땐 '제발'을 가슴 가득 품고 살아야 할 만큼 생이 소중하고 애틋하기만 했었다. 생명이 시들어 가는 엄마와 병마와 싸우느라 힘겨워하는 한 아이를 생각하면서, 내 안에 오래 잠들어 있던 '제발'을 다시금 세차게 흔들어 깨워 본다.

제발, 신이시여 제발
모든 이의 생을 지켜 주소서.

억지로, 할 수 있는 게 있을까?

억지로 • 이치나 조건에 맞지 아니하게 강제로

정신과 의사가 유명인을 상대로 고민을 상담해 주는 프로가 있다. 나는 얼마 전 한 개그맨 편을 보다가 커다란 충격을 받았다. 어쩔 수 없음을 견디고 감당해 온 삶이란 저런 걸 말하는 거구나 싶어서였다. '억지로'와 '자발적으로'의 사이에서 외줄타기하듯 위태롭게 살아온 남자의 얼굴은 어쩐지 전혀 행복해 보이지 않았다. 사람들에게 웃음을 전해 주는 사람이었지만 그의 얼굴은 누구보다도 어둡고 차갑게 굳어 있었다.

젊은 시절, 잘나가는 개그맨이었던 그는 밤낮없이 일해서 번 돈으로 집안의 모든 빚을 탕감했다. 빚을 갚고 조금 살 만해졌을 때쯤 어머니가 병들었고 이후론 병원비와 간병 부담으로 또다시 힘들게 살아야 했다. 소녀 같았다는 그의 어머니는 일인실만을 요구해서 병원비가 어마어마하게 들었고, 요양원에도 보내지 말라고 해서 끝까지 그가 보살폈다고 했다. 어머니를 위해 십이 년을 헌신하고 나자 그는 나이 오십을 넘긴 노총각이 되어 있었다. 간병의 고통에서 벗어나고 싶던 순간마다 어머니에 대한 사랑과 책임감으로 꿋꿋이 버텨 낸 그가 막상 어머니가 돌아가셨을 때는 눈물조차 나오지 않았다며 죄스러워했다.

나는 지금까지 '억지로'와 '자발적으로'의 갈림길에서 주로 어떤 선택을 하며 살아왔는지 자문해 보았다. 사랑이란 것이 참으로 무겁다. 남녀 간이든 부모와 자식 간이든 사랑에는 책임이 따르기 때문이다. 하지만 사랑도 그 사랑에 대한 책임도 '억지로'라면 무척 고통스러운 것이다. 마음 깊은 곳에서 억울함이 치밀어 올라오는 순간들이 많아진다면, 그 사랑은 이미 '억지로'의 감옥에 갇혀 서서히 병들어 가고 있는 걸지도 모르겠다.

억지로, 할 수 있는 게 있을까?

어머니를 위해 헌신하며 산 그가 서슴없이 자기를 불효자라며 자책했다. 그런 그를 보면서 스스로 한없이 작아지는 기분이 들었다. 나는 이미 부모님 곁을 떠나 '억지로'의 삶에서 어느 정도 벗어나 버렸기 때문이다. 외동딸로서의 경제적, 정신적 책임에 지쳐 두 손 두 발 다 들고 항복해 버린 순간이 있었다. 그것이 삼십 대에 감행한 가출이자 탈출이었다. 그때 집을 떠나지 않았더라면 지금까지 어떻게 살아왔을까? 아마도 나 자신의 삶은 하나도 개척하지 못한 채 그대로 나이만 들어 버렸을 것이다. 나의 부모님 역시 자식의 삶보단 당신들의 안위를 더 우선시했을 가능성이 크니까. 나약한 인간은 때때로 살아남기 위한 본능으로 이기적인 행동을 할 수도 있는 법이다.

일본 작가 사에 슈이치의 《돌봄 살인》이란 소설이 있다. 치매에 걸린 한 할머니의 죽음으로 시작하는 이 소설은 할머니를 가장 사랑했을 남편과 아들이 살인자로 밝혀지면서 참담하게 끝이 난다. 비극적인 건 가족의 손을 빌려서라도 죽기를 원했던 건 치매에 걸린 할머니 자신이었다는 점이다. 차마 입에 올리기 고통스럽지만, 현실에서도 이런 가족 간의 '돌봄 살인'은 종종 일어나고 있다. 투병하는 삶도 간병하는 삶도 얼마나 고통에 매몰되는지는 직접 경험해 보지 않고선 함부로 말할 수가 없는 것이다. 사랑하는 가족이 인간으로서의 존엄마저 무너진 채로 그저 몸뚱이의 상태로 전락해 가는 것을 지켜본다는 건 얼마나 괴로운 일인가? 배우자로서 혹은 자식으로서 자신의 보잘것없는 사랑을 자책하면서 인간적인 한계를 끊임없이 시험당하는 삶이란 생각만 해도 견디기 힘든 것이다. 그러니 누구도 소설 속 가족들에게 함부로 비난의 화살을 쏠 수는 없을 것이다.

나 역시 엄마를 보살피고 있고 마땅히 해야 할 의무이기에 도리를 다하고 있다. 하지만 더는 손쓸 수 없을 지경으로 엄마의 육신과 정신이 무너져 내리는 날이 온다면 어떻게 해야 할지 막막하기만 하다. 엄마를 요양원이나 요양 병원에 모시지 않고 돌아가실 때까지 내 손으로 대소변을 받아 내면서 갓난아이를 키우듯 보살필 수 있을까? 그렇게 엄마를 살려 내면서도 끝까지 악의 마음을 품지 않고 선을 지켜 낼 수 있을 것인가? 솔직히 자신이 없다. 그 개그맨처럼 엄마의 죽음 앞에서 눈물조차 흘리지 못하는 영혼의 마비 상태가 되어 버리고 말 게 분명하기 때문이다. 공포에 가까운 자문들 속에서 그저 말없이 입술만

깨물 뿐이다.

'억지로'인 삶을 어디까지 받아들일 것인가는 사람마다 천차만별일 것이다. 각자의 선택에 대하여 옳고 그름을 따질 수는 없다. 사랑하는 사람에 대한 지극한 희생은 분명 그 자체로 삶의 의미이자 보람이 될 수 있다. 하지만 나는 나의 삶과 자식으로의 삶 사이에서 균형을 이루고 싶다. 자식으로서의 부족함에 반성하기도 하고 때로는 내가 살기 위해 먼저 고통에서 도망쳐 버리기도 하면서 적당한 타협점을 찾아가는 게 지금의 내 모습인 것이다. 삶에서 그 두 가지를 모두 다 지켜 내기 위해 최선을 다하고 싶다. 누구한테 어떤 평가를 받든 상관없이.

사랑으로 맺어진 아름다운 관계가 책임과 희생으로만 얼룩지는 것은 참으로 안타까운 일이다. 비단 자식이 부모를 부양하는 문제만이 아니라 부모가 아픈 자식을 기르는 것도, 부부가 병든 배우자를 보살피는 것도 마찬가지이다. 책임과 희생 앞에 최고의 사랑은 없어지고 최선의 배려만이 남을 뿐이다. 그것이 타인의 눈에 어떻게 비치느냐는 차후의 문제가 아닐까 싶다. 누구에게나 적용되는 '보편적인 희생'의 기준 따위는 없다고 생각한다. 그는 그대로 나는 나대로 최선을 다한 것이다. 그러한 믿음과 긍정만이 스스로를 지켜 낼 수 있는 지혜로운 마음가짐일 것이다. 나를 사랑하지 않는 메마른 가슴으로는 그 누구도 진심으로 사랑할 수는 없을 테니까.

억지로, 할 수 있는 게 있을까?
아름답지만 고통스러운 희생, 나는 나의 최선을 다할 뿐이다.

언젠가, 정말로 이별을 할 거야

언젠가 • 미래의 어느 때에 가서는
• 이전의 어느 때에

'언젠가'는 특이한 부사이다. 과거의 어느 때를 가리키면서 동시에 미래의 어느 때를 말하기도 하기 때문이다. 과거든 미래든 뚜렷이 특정할 수 없는 시간의 한 지점을 의미한다고 보면 될 듯하다. 기억이 분명하지 않은 과거와 도저히 확신할 수 없는 미래에 대해 우리는 '언젠가'라는 부사를 붙여 말한다. 그래서인지 '언젠가'는 모호함을 가득 품은, 조금은 시적인 말이기도 하다.

'언젠가'를 떠올리면 이상은의 〈언젠가는〉이란 노래가 자연스럽게 입안에서 맴돈다. 수없이 흥얼거렸던 이 노래에는 지나가 버린 젊음과 놓쳐 버린 사랑에 대한 회한이 껌딱지처럼 찐득하게 눌어붙어 있고, 한술 더 떠 도저히 이루어질 거 같지 않은 재회에 대한 기약까지도 담겨 있다. 헤어진 모습 이대로 언젠가는 다시 만날 거라니 참으로 가당치도 않은 기대 아닌가? 하지만 '언젠가'라는 막연한 의미의 부사를 가져다 씀으로써 그런 일이 정말로 일어날 수도 있지 않을까 하는 작은 희망을 품게 한다.

하지만 나는 미래의 '언젠가'에 대한 소망이나 꿈이 크지는 않은 편이다. 오히려 과거의 '언젠가' 있었던 소중한 추억들에 대한 소멸이 더 안타까울 뿐이다. 이제는 청춘의 열기로 들떠 있는 젊은이가 아니라, '언젠가' 닥쳐올 수많은 이별을 대비하며 살아가야 하는 중년의 사람이 되었기 때문이다.

언젠가, 정말로 이별을 할 거야.

——

"여기로 좀 와 봐."

"왜?"

"이 수납장 맨 아래 서랍을 열면 통장이랑 계약서가 있어. 보이지? 그리고 여기 봐 봐. 장롱 서랍을 열면 저 뒤편에 집문서와 비상금도 숨겨 놨어. 잘 기억해 둬. 이제 엄마가 언제 어떻게 될지 모르니까 알아두라고."

"……."

갑작스러운 엄마의 고백에 순간 할 말을 잃어버리고 말았다. 붉어진 눈으로 조용히 고개를 주억거리다 혼잣말하듯 작게 "왜 그래……."라고 중얼거렸을 뿐이었다. 당혹스러워하는 내 눈빛을 보았는지 엄마는 다시 고쳐 말했다. "당장 죽지는 않더라도 엄마가 언제 정신을 놓을지 알 수 없잖아. 그래서 알려 주는 거야." 엄마는 스스로 죽음을 준비하고 있다. 오랜 세월 투병해 왔지만 유언장 같은 말을 하는 건 그날이 처음이었다.

‘정말로 엄마는 이별을 할 건가? 세상과 그리고 나와?’

엄마의 죽음이 ‘언젠가’ 닥쳐올 일이란 걸 머리로는 알면서도 가슴으론 알지 못했다. ‘언젠가’ 다가올 이별은 너무도 막연하게 느껴져서 별로 두렵지도 슬프지도 않았다. 오히려 죽음을 아무렇지도 않게 선포하는 갈퀴 같은 말에 할퀴어 상처받았고 매번 새롭게 분노하기만 했었다. 자식의 상처 따위는 생각하지도 않는 듯한, 가난한 모성애를 원망하면서.

하지만 이제는 이상하게 화가 나지 않는다. 그런 말을 하는 엄마가 별로 밉지도 않다. 엄마에 대한 연민의 바다에 빠져 서서히 익사 중인 나는 하루하루 폐 속으로 차오르는 슬픔에 질식해 가고 있을 뿐이다. 지금의 나는 무척이나 냉정하다. 엄마를 떠나보내는 상상을 하면서, 너무 상처받지 않기 위해 미리미리 고통을 예행연습하는 완벽한 배우가 되어 버렸기 때문이다. 오늘도 엄마는 당신의 육체가 어떻게 죽어 가고 있는지 적나라하게 고백한다. 엄마의 생명이 얼마나 남았는지 알 수는 없지만, 엄마의 마음이 당신의 육체보다 먼저 이울어 가고 있다는 것만은 분명한 사실이다. 그리고 그런 엄마 곁에서 나 또한 성급한 이별을 준비하고 있다.

‘언젠가’는 오늘이 될 수도 있고 한 달 뒤나 십 년 뒤가 될 수도 있다. 때가 정해져 있지 않기에 영원히 미래일 수밖에 없다. 수없이 상상한다 한들 ‘언젠가’는 시간의 벽에 갇혀 옴짝달싹할 수 없는 것이다. 엄마의 죽음을 미리 슬퍼하고 이별을 연습한다 해도 그것은 어디까지나 지금의 일일 뿐이다. ‘언젠가’ 정말로 엄마가 떠났을 때 나와 나를 둘러싼 우주가 어떻게 뒤집히고 무너져 내릴지는 알 수 없는 것이다. 그래서 무섭다. '언젠가' 다가올 한없이 막연하기만 한 이별은.

'언젠가' 엄마가 떠나고 시부모님이 떠나고 남편도 떠날 것이다. 어쩌면 지금 알고 있는 이들 모두가 떠날지도 모른다. 아니면 내가 먼저 떠날 것이다. 사랑하는 사람들을 아깝고 애틋하게 세상에 남겨 두고서. 하지만 '언젠가'라는 말은 마취제처럼 미래의 고통을 무디게 만들어 준다. 아직 일어나지 않은 일이라고 안도하면서 이별을 유보할 수 있게 해 준다. 그러면서도 동시에 '언젠가'는 반드시 일어날 일이라는 걸 알기에 마음속으로 조용히 대비하게 하는 것이다. 태연하고도 잔인하게.

이제 나는 삶에 대해 약간의 설렘만을 지니고 있으며, 그런 봄바람 같은 살랑거림 속에서도 충분히 행복을 느낄 수 있는 나이가 되었다. 사는 동안 불행의 돌부리에 걸려 무릎이 까진 날들도 많았지만, 지나고 나면 대부분 '그땐 그랬지.' 하며 웃어넘길 수 있었다. 모든 일은 '언젠가' 일어났던 과거의 일이 될 뿐이고, 어떻게 추억하느냐에 따라 빛이 될 수도 어둠이 될 수도 있었다. 그러니 미래의 '언젠가' 내게 올 좋은 것, 화려한 것들을 취하려는 욕심에 인생 전체를 담보로 내걸지 않아도 된다는 걸 잘 알고 있다.

그런데도 단 한 가지 바람이 있다면, 정말이지 '언젠가' 일어날 이별에 대하여 만큼은 담담해지고 싶다. 그것이 나의 죽음으로 인한 이별일지라도 말이다. 어쩌면 엄마는 이렇게 마음 약한 나를 뼛속까지 알고 있어서 오랜 세월 예방 주사를 놓듯 당신의 죽음을 예고하고 또 예고해 왔을지도 모르겠다. 하지만 그 길었던 예고편을 무시해 온 나는 이제야 화들짝 놀라 본편부터 볼 마음의 준비를 하기 시작한 것이다. 언제나 깨달음은 그렇게 한 발짝씩 뒤늦게 오는 법이다. 어리석게도 나는 늘 그렇다.

언젠가, 정말로 이별을 할 거야.
이 세상 모두와 아깝고 애틋하게

설령, 혼자 남겨질지라도

설령 • 가정해서 말하여. 주로 부정적인 뜻을 가진 문장에 쓴다.

기형도의 〈엄마 생각〉이라는 시를 읽으면 어린 시절이 생각난다. 나도 시 속의 아이처럼 늘 혼자였다. 어두컴컴한 방 안에 찬밥처럼 썰렁하게 담겨 엄마를 기다리곤 했다. 지독한 외로움에 질식할 것 같았던 사춘기 시절엔 스스로를 태어나지 말았어야 할 존재라고 저주하며 죽음을 마음먹었던 적도 있었다. 피뢰침 위에 서 있는 듯 위태로운 순간들이 내 곁을 아슬아슬하게 스쳐 지나갔다. 오로지 생명에 대한 원초적인 본능 하나로 간신히 버텨 온 날들이었다.

인생은 살아 보지 않고선 함부로 예단할 수 없다는 걸 이제야 깨닫고 있다. 겉돌기만 하는 기름 같았던 내가 삶 속에 물처럼 자연스럽게 스며들어 가고 있기 때문이다. 그리고 곁에 머물렀던 모든 인연들과도 다정히 손잡기 시작했다. 지금도 가끔은 혼자라는 외로움이 가슴속에 분수처럼 솟아오를 때가 있지만 이름 모를 땅 위에 불시착한 방랑자처럼 세상이 낯설고 두렵지만은 않다. 어디로 가야 하는지 몰라 수시로 절망에 빠지곤 했던 젊은 시절의 나는 시퍼런 청춘의 피와 함께 과거의 어느 한 모퉁이에 조용히 묻혀 버린 것이다.

설령, 혼자 남겨질지라도

기력이 없어진 엄마는 혼자서는 목욕을 잘하지 못한다. 엄마를 씻길 때마다 바람 빠진 풍선처럼 바짝 쪼그라들고 야위어진, 엄마의 맨몸을 목격한다. 피부는 축 늘어지고 뼈만 앙상하게 툭 불거져 볼품없는 몸, 온몸을 문질러도 아무런 힘이 들지 않는 작디작은 몸, 생이 소멸해 가고 있음을 적나라하게 시인하는 몸, 그 몸을 보면서 삶의 누추함에 환멸을 느끼고 생의 유한함에 허무를 느낀다. 하지만 내 앞에 있는 여자의 몸으로는 무려 칠십팔 년이라는 시간이 관통하고 지나갔다. 어쩌면 당연한 게 아닌가? 바닷물에 깎여 원래의 형태를 잃고 동글동글해진 자갈처럼 육체도 인생의 풍화를 맞다 보면 그 형태를 잃고 소멸해 갈 수밖에 없는 것이다.

나 역시 온몸 구석구석 박혀 있는 세월의 흔적에 눈물지은 적이 있었다. 맨몸으로 거울을 마주하기가 두렵고 끔찍했다. 신체의 변화가 마음을 송두리째 뒤흔드는 날들도 많았다. 이미 흘러가 버린 시간은 생각하지도 않고, 과거의 어딘가에서 지금 여기로 하루아침에 뚝 떨어져 나온 것처럼 당황스러워하다니 얼마나 어리석은 일인가? 눈앞으로 자꾸만 달려드는 하루살이 같은 상념들을 쫓아내면서, 나는 시린 눈으로 엄마의 몸을 닦고 또 닦는다. 구석구석 빈틈없이 문지르다 보면 엄마의 몸에 붙어 있는 시간의 더께도 불은 때와 함께 말끔히 벗겨져 나갈 거라고 믿는 것처럼.

외동인 나는 엄마를 보내고 나면 완전히 홀로 남게 된다. 어린 시절에 느꼈던 지독한 존재의 고독을 이제는 진짜 현실로 받아들여야만 하는 것이다. 그런 생각이 들 때면 약간 두렵기도 하다. 나를 있게 해 준 존재들이 모두 사라진 세상이란 얼마나 쓸쓸하고 살풍경할 것인가? 조부모도 부모도 형제자매도 없는 그저 나 혼자뿐인 세상. 원가족의 소멸은 보이지 않게 나를 무너뜨릴 것이고 나는 티 나지 않게 조용히 절망할 것이다. 하지만 '설령' 혼자 남겨질지라도 완전히 혼자는 아니다. 내 곁엔 새롭게 만든 가족과 오랜 시간 인연을 맺어 온 사람들이 있기 때문이다.

인생의 행불행은 예견할 수 없으니 불길한 가정들이 정말로 현실이 되어 버리거나 먼 미래의 일이라고 여겼던 일들이 지금 당장 일어날 수도 있다. 사람들이 두려운 미래를 미리 가정해 보는 까닭은 그것에 조금이라도 마음을 대비해 두려는 목적인지도 모르겠다. 설령 실패할지라도, 설령 헤어질지라도, 설령 병들지라도, 설령 죽을지라도……. 수많은 부정적인 경우의 수를 생각하면서 자신만의 해답을 마음속에 몰래 적어 두는 것이다. 그리하여 어떤 상황이 눈앞에 펼쳐지더라도 거기에 함몰되지 않고 숨겨 놓았던 나만의 답을 찾아 위기를 극복하려는 것이다. 그렇게 해서라도 삶은, 마땅히 계속되어야만 하니까.

'설령'은 주로 부정적인 가정을 할 때 쓰는 부사이다. 일어나지 않았으면 하는 일이지만 혹시 일어날까 저어하는 마음을 담아 '설령'이라고 말한다. 하지만 완전히 부정적인 말만은 아니다. '설령' 뒤에 앞의 상황과 반대되거나 앞의 상황을 부정하는 내용이 나오기도 하기 때문이다. 또 마주치고 싶지 않은 상황에 대한 저항과 극복 의지를 드러낼 수도 있다. '설령 혼자 남겨질지라도 나는 나만의 삶을 살아갈 것이다.'라는 다짐처럼 말이다. 혼자라는 사실을 견딜 수 없어 죽으려고 했던 내가 이제는 혼자라도 끝까지 살아 내겠다고 결심하게 된 것, 이것이야말로 인생에서 얻은 가장 큰 깨달음이 아닐까? 니체는 말했다. 나를 죽이지 못하는 고통은 나를 더 강하게 만든다고. 어떤 상황에서도 살아남아 주어진 생을 다하는 것, 그것만이 내 삶의 진짜 의미이자 목적일 것이다.

설령, 혼자 남겨질지라도
나만의 생은 계속되어야 한다.

감히, 네가 그럴 수도 있지

감히　• 두려움이나 송구함을 무릅쓰고
　　　• 말이나 행동이 주제넘게
　　　• '함부로', '만만하게'의 뜻을 나타내는 말

살면서 '감히'라는 말을 들어 본 적이 거의 없었다. 나는 강자 앞에서 꼬리 내릴 줄 알고 두려움 앞에서 숨죽일 줄 알며 매사에 '감히' 나서는 법이 없는 순종적인 사람이었으니까. 그런데 어린 아들에게는 '감히'라는 말을 너무도 쉽게 내뱉곤 한다. '감히' 그렇게 예의 없는 말을 해? '감히' 어른한테 함부로 대들어? 아이의 말과 행동 하나하나를 날카로운 심판자의 눈으로 바라보면서 엄격하게 꾸짖는 것이다.

하지만 '감히'라는 말을 입 밖으로 내뱉을 때마다 온몸의 솜털이 쭈뼛하고 일어서는 느낌이 든다. 아이가 정말로 세상을 함부로 혹은 만만하게 생각해서 그런 말과 행동을 하는 것은 아닐 텐데 눈에 보이는 대로 아이를 평가하고 단죄하려는 건 아닌가 하는 두려움이 밀려들기 때문이다. 세상에는 '감히' 해서는 안 되는 말이나 행동이 생각보다 많지 않을 것이다. 어쩌면 힘 있는 자가 자기 자리를 지키기 위한 도구로 '감히'를 악용하는 경우가 더 많을지도 모르겠다. 권위나 권력에 맞서는 것은 그 어떤 것도 용납하지 않으려는 무자비한 마음이 '감히'를 무기처럼 휘두르게 만드는 것이다.

감히, 네가 그럴 수도 있지.

——

나도 어느새 어른이라는 감투를 쓰고 아들에게 '감히 네가?'라며 언성을 높이는 사늘한 사람이 되고 말았다. '낮은 데로 임하소서.'라는 기독교 말씀이 있다. 누추하고 작고 낮은 곳에 신의 사랑이 깃들어 있으며 그곳을 향하는 선한 마음이 진정으로 고귀한 사랑이라는 가르침이 담긴 말이다. 반대로 '감히'는 지나치게 높은 곳만을 지향함으로써 자기 자신을 고립시키는 자만과 고독의 부사가 아닐까 한다. 그래서 이기적이고 권위적인 사람일수록 외로움이 더욱 커지는 건지도 모르겠다.

오스카 와일드의 《거인의 정원》이란 동화가 있다. 거인은 자신의 정원에 마음대로 들어와 시끄럽게 노는 아이들을 보고 화를 내며 내쫓는다. '감히' 아이들이 정성스럽게 가꾼 자기의 정원을 망가뜨린다고 생각했기 때문이다. 어느덧 겨울이 가고 봄이 왔건만 이상하게도 거인의 정원에만 봄이 찾아오질 않는다. 거인은 이유도 모른 채 봄이 왜 오지 않느냐며 불평만 한다. 그러던 어느 날 뚫린 담장으로 아이들이 몰래 들어와 나무를 껴안아 준다. 그러자 나무에 꽃이 피고 새가 날아들고 잔디가 푸릇하게 돋아나기 시작한다. 그 모습을 본 거인은 아이들이야말로 진정한 봄이라는 걸 깨닫는다. 결국, 거인은 정원을 아이들의 놀이터로 되돌려주고 아이들과 함께 아름다운 봄을 맞이하게 된다.

거인은 아무것도 내어주지 않으려는 욕심과 세상의 어떤 것도 자기 생각을 거스를 수 없다는 오만함을 지닌 채 힘없는 이들을 무시하고 외면하는 사람을 상징한다. 하지만 그런 사람의 마음속에는 절대로 봄이 깃들 수가 없다. 거인이 나무에 오르지 못해 슬퍼하는 작은 아이를 나무 위로 들어 올려 주자, 아이는 거인의 목을 끌어안고 뺨에 입을 맞춰 주었다. 세상에서 가장 큰 거인이 작은 아이를 향해 온몸을 굽히고 낮추었을 때 비로소 거인의 마음에도 따뜻한 사랑이 찾아온 것이다.

아들의 거침없는 말이나 행동이 부모의 권위에 도전하는 것이라 여겨 화를 내고 엄포를 놓았다. 아들이 클수록 자꾸만 경직되어 가는 나를 보면서 이런 훈육이 진정으로 아이를 위한 것일까 고민스러울 때가 많았다. '감히 네가 부모한테 이래도 돼?'라는 분노와 원망이 진실을 보는 눈을 흐리게 했던 것은 아닌지 반성해 본다. 당장 아이의 잘못된 말이나 행동을 바로잡지 않으면 영영 비뚤어진 아이로 자라지 않을까 하는 불안이 나를 과도한 심판자로 만들었던 걸지도 모르겠다. 그러는 동안 나 역시 혼자만의 겨울 정원에 갇혀 봄이 오지 않는다고 투덜대는 외로운 거인이 되어 가고 있던 것이다.

아이는 나와 전혀 다른 인격체이고, 아이 자체로 온전히 아름다우며, '감히' 내가 함부로 평가할 수 없는 완전한 존재이다. 아이가 감히 할 수 없는 일과 어른이 감히 할 수 없는 일은 어쩌면 똑같을지도 모르겠다. 그걸 모르고 그동안 내가 '감히' 어리석었다.

감히, 네가 그럴 수도 있지.
사랑한다면 허리를 굽혀 더 낮은 곳으로

아무튼, 가족이지 않을까?

아무튼 • 의견이나 일의 성질, 형편, 상태 따위가
어떻게 되어 있든

침대에 비스듬히 기대어 만화책 삼매경에 빠져 있는 아들, 거실 창가에 앉아 유튜브 영상에 몰입하고 있는 남편, 테이블에 앉아 이제 막 노트북에 글을 쓰기 시작한 나. 이렇게 우리 집에는 가족이란 이름으로 세 사람이 따로 또 같이 살아가고 있다. 아들이 갑자기 거실로 뛰어나오자 서둘러 휴대전화를 끄고 책을 읽는 척하는 남편, 그걸 멀리서 지켜보다 풋 하고 웃는 나. 우리 가족의 흔하고 정겨운 거실 풍경이다.

서른이 넘어서까지 내게 가족은 부모님뿐이었다. 오로지 혈연으로 이루어져 있으며 선택 불가능한 운명과도 같은 존재였다. 하지만 이제 가족은 혼인과 혈연이 뒤섞인, 선택적이고 유동적인 관계로 변화되었다. 특히 부부는 전적으로 각자의 선택과 의지로 함께 사는 사람들이다. 어쩌면 어른이 된 후에 형성한 가족이란 울타리는 언제든 해체될 수 있는 나약한 것일지도 모르겠다. 부부란 얼마나 강하게 지키려고 노력하느냐에 따라 그 생명력이 유지되는 것일 뿐, 죽을 때까지 변치 않는 절대적인 관계는 아니지 않은가? 그런데도 '아무튼'이란 부사를 떠올리자마자 가슴속에 불꽃이 튀듯 떠오르는 대상은 '남편과 아들'이었다. 말로는 규정할 수 없는 결속력을 지닌 사랑의 공동체, 그것이 바로 가족이기 때문이다.

아무튼, 가족이지 않을까?

그동안 아들의 입김으로 우리 집에 들어온 반려 생물의 역사는 이러하다. 마리모 세 개, 병아리 두 마리, 푸른 산호초를 닮은 하프문 베타 한 마리, 민달팽이 두 마리, 형광색의 네온테트라 한 마리, 암수 장수풍뎅이 한 쌍. 현재는 마리모를 제외한 모든 생명체가 무지개다리를 건넜고 그것들이 죽어 나갈 때마다 다시는 아무것도 키우지 않겠다고 선언했었다. 하지만 얼마간의 시간이 흐르고 나면 아들은 어김없이 새로운 반려 생물을 들이자고 집요하게 요구해 왔다. 아들이 궁극적으로 키우고 싶어 하는 건 강아지나 고양이 같은 반려동물이다. 나의 단호한 거부에 어쩔 수 없이 다른 생명체들이 차선책으로 들어온 것이고 짧은 시간 가족을 이루다 허망하게 떠나가 버린 것이다. 아들은 이제 죽음을 두려워하지 않아도 되는 애완 로봇을 들이자고 한다. 자기가 그간 모은 돈 전부를 들여서라도 강아지 로봇을 사겠다고 나섰다. 아들이 들이미는 광고 영상을 보니 꽤 귀엽긴 했다. 하지만 기계이다 보니 움직일 때마다 소음이 만만치 않게 크게 들렸다. 나는 아파트 층간 소음 문제를 내세우면서 당분간 구매를 보류하자고 했고 아들은 실망감에 눈물을 펑펑 쏟았다.

나는 새로운 가족을 만들어 가족의 외연을 넓히는 일에 유독 어려움을 느끼는 사람이다. 평생을 혼자 사는 수도자가 되고자 했고, 결혼 후엔 아이를 낳지 않으려고 딩크족을 자처하기도 했었다. 그랬던 내가 이렇게 남편과 아들을 곁에 두고 살게 된 것만으로도 기적에 가까운 일이다. 내가 생각하는 가족에 대한 사랑은 주어야 하는 사랑이며, 책임과 희생을 가장 중요한 덕목이라고 믿어 왔다. 어쩌면 지나치게 무겁고 부담스러운 마음이 오랜 세월 나를 겁쟁이로 만들어 버렸던 건지도 모르겠다.

자식을 여럿 잃은 집안에서 혼자 살아남아 외동딸로 자라면서 어려서부터 부모님의 기대에 부응하려고 노력했다. 대학을 졸업하자마자 가장이 되어 부모님을 부양했고 모든 집안의 대소사를 혼자 책임졌다. 결혼을 통해 새로운 가족을 만들었지만, 우울증에 걸린 남편을 보살피면서 감당해야 할 일들은 더 많아지기만 했다. 아이 역시 모든 걸 챙기고 보살펴 줘야 하는 연약한 존재였다. 내게 가족이란 나를 버리고서라도 지켜 내야 하는 무거운 책임의 대상으로만 느껴졌다.

하지만 그들 모두를 진심으로 사랑한다. 사랑을 더 많이 주었다고 해서 억울하거나 원망스러운 것은 아니다. 나이가 들수록 딱딱하게 굳어 있던 마음의 벽이 조금씩 허물어져 가는 것을 느낀다. '가족'에 대해서도 예전보다는 가볍게 바라볼 수 있게 되었다. 가볍다는 게 하찮다는 의미가 아니라, 목숨을 걸고 지켜야 하는 비장함이나 모든 걸 희생해야 한다는 책임감 같은 것에서 조금은 놓여났다는 의미이다. 그래도 가족에 대한 사랑은 여전히 무겁기만 한 게 사실이다. 사랑을 나누는 순수한 기쁨보다는 사랑을 주어야 하는 부담감으로 숨부터 막혀 오는 것이다. 많은 사람이 반려동물과 가족을 이루고 살아가는 세상에서 왜 그 일이 이토록 어렵고 두렵게만 느껴지는 것일까? 책임지지 못할까 봐 미리부터 겁먹고 뒷걸음만 치는 것일까? 내게도 가족에 대한 사랑이 좀 더 편안하고 자연스러워졌으면 좋겠다. 그리고 그것은 전적으로 마음에 달린 문제라는 것도 알고 있다.

가족에 대한 사랑은 일방적인 것이 아니라 주고받는 것임이 분명하다. 이 세상에 가족을 가지기에 부족하거나 모자라는 사람이란 없는 것이다. 책임감이나 부담감으로 사랑을 피해 다니려고만 했던, 내 마음의 오래된 장벽을 이제는 뛰어넘고 싶다. 언젠가는 순수한 기쁨으로 반려동물을 가족으로 맞이하게 될 날이 오기를 꿈꾼다. 그리고 사랑을 주는 것만큼이나 사랑을 받는 것에도 당당한 내가 될 수 있기를 소망해 본다.

주는 사랑이 제아무리 무겁다 하더라도
아무튼, 가족이지 않을까?

나는 끊임없이 새로 태어나고
눈 깜짝할 사이에 사라져 버리는
생의 아름다운 순간들 앞에서
오늘도 무릎을 꿇고 기도한다.
'모든 이의 삶을 차별 없이 더 사랑하게 해 주세요.'
수술실에 들어간 엄마를 기다리면서
누구에게나 삶은 충분하지 않다는 사실을
다시 한번 되새긴다.
충분하지 않기에 '이토록' 아름다운 것이고
'이토록' 사랑하는 것이라고.

2장

삶이란 시험에 정답이 있는지는 모르겠지만

어차피, 인생은 알 수 없는 것이다

어차피 • 이렇게 하든지 저렇게 하든지. 또는 이렇게 되든지 저렇게 되든지

'어차피'란 부사를 보면 조선 왕조를 세우는 데 앞장섰던 이방원의 〈하여가〉가 떠오른다. 그는 '이렇게 하든지 저렇게 하든지 뭐 어떠하냐.' 라면서 신념이나 가치관이 다를지라도 칡넝쿨처럼 한데 어우러져 공존할 수 있다고 노래하였다. 이 노래는 고려의 충신 정몽주를 회유하기 위해 지은 것이었다. 이래도 그만 저래도 그만이라고 말하는 사람 앞에 서면 왠지 모르게 맥이 탁 풀려 버린다. 하지만 다른 한편으론 뻣뻣하게 경직되어 있던 마음이 부드럽게 녹아내리는 느낌이 들기도 한다. 살면서 한 번쯤은 눈감고 귀 닫고 나 몰라라 해도 아무런 상관이 없다고 은밀히 속삭여 주는 것 같기 때문이다. 어차피 내 마음대로 되는 건 별로 없고 한 치 앞도 내다볼 수 없는 게 인생이기에 혼자서 안달복달할 필요가 없는 것이다. '어차피'는 나의 무능이나 나태에 면죄부를 쥐여 주는 고마운 부사이다. 그 말에 기대어 종종 넋두리하듯 말하곤 했다.

어차피, 인생은 알 수 없는 것이다.

—

살다 보면 좋은 쪽으로든 나쁜 쪽으로든 예측할 수 없는 일들은 끊임없이 일어난다. 나의 바람이나 의지와는 무관한 일들이 자판기에서 나오는 음료수처럼 눈앞으로 툭툭 떨어지는 것이다. 물론 현실 속 자판기에선 내가 누른 버튼에 적혀 있는 음료수가 나오겠지만 인생의 자판기에선 생각지도 않은 것들이 느닷없이 튀어나오기도 한다. 때로는 아무 버튼도 누르지 않았는데 음료수만 먼저 튀어나와 놀라게 할 때도 있다. 우리는 그 음료수를 손에 들고 함박웃음을 짓기도 하지만 오만상을 찌푸리기도 하고 망연해하기도 한다. 그럴 때마다 인생사 어차피 내 마음대로 되는 게 아닌데 아등바등 사는 게 무슨 의미가 있나 싶어진다. 하지만 가끔은 기대하지도 않았던 좋은 일이 선물처럼 찾아오는 날도 있지 않았던가? 그러니 오늘도 공연히 인생의 자판기 앞을 서성이게 되는 것이다.

7급 공무원으로 승진할 때였다. 승진 순번이 바로 코앞으로 다가와 정기 인사가 아닌 시기에 발령을 받아야 했다. 그렇게 되면 내가 사는 지역이 아닌 도 내의 다른 도시로 쫓겨날 수밖에 없었다. 동료들도 대부분 승진하면서 집과는 아주 먼 지역으로 발령을 받곤 했다. 아직 어린 아들을 키우고 있었고 남편의 우울증도 기복이 심한 상태였기에 타 도시 근무는 너무나 부담스러운 일이었다. 할 수만 있다면 승진을 미루고서라도 살던 도시에 그대로 남고 싶었다. 하지만 공무원 조직이 개개인의 편의를 봐주는 곳은 아니었다.

하루하루 불안에 떨다가 결국 발령을 받았다. 그런데 이게 웬일인가? 기존에 근무하던 곳보다 오히려 가까운 곳으로 발령이 난 거였다. 내겐 기적이 일어난 것이나 마찬가지였다. 발령받은 학교에 가 보니 안타까운 속사정이 있었다. 전임자가 갑자기 암을 발견해 급하게 병 휴직을 해야 했고 그 시점이 나의 승진 시점과 정확히 일치했던 거였다. 그분에겐 너무나 가슴 아픈 불행이 내겐 감사한 행운이 되었다는 게 씁쓸하고 미안하기도 했다. 그때 드는 생각은 이랬다. 스스로 자기 삶을 살아가고 있다고 믿는 건 어찌 보면 착각이거나 오만일 뿐인 게 아닐까? 막상 내 의지로 할 수 있는 건 그다지 많지도 않으면서 말이다.

육아 휴직 중일 때였다. 남편의 우울증이 급격히 안 좋아져서 부부 동반 휴직이라는 초유의 사태를 맞게 되었다. 그렇다고 아픈 남편에게 어린 아들을 맡겨 놓고 복직할 수도 없는 노릇이었다. 가정 경제에 심각한 어려움이 예견되는 상황이었다. 남편이 회사에 휴직을 통보하던 날, 착잡한 마음에 혼자서 한숨짓고 있었다. 바로 그때 공인 중개사로부터 전화 한 통이 걸려 왔다. 집을 내놓은 지 구 개월 만에 처음으로 받는 전화였다. 놀랍게도 우리 집을 사겠다는 사람이 나타났다는 거였다. 그 전화를 받고 일주일 만에 정말로 집이 팔려 버렸다. 모든 일이 거짓말 같았다. 너무 놀란 나머지 말간 하늘을 올려다보며 생각했다. '이런 기가 막히는 일이 일어나기도 하는구나. 절망의 날이 일순간에 희망의 날로 바뀌기도 하는구나.' 덕분에 우리는 대출을 갚았고 휴직으로 인한 경제적인 어려움도 조금은 덜 수가 있었다.

살다 보면 이게 대체 무슨 일인가 싶은 좋은 일들이 느닷없이 일어나곤 한다. 반대로 엎친 데 덮친 격으로 안 좋은 일들이 연거푸 터지기도 한다. 하지만 이왕이면 기적 같았던 날들만 가슴에 새겨 두고 이따금 꺼내 보면서 살려 한다. 그 절묘한 순간에 담긴 신의 호의에 감사하고 내 인생이 버림받지 않았음을 스스로 상기하기 위해서 말이다. 어차피 내가 무슨 짓을 해도 안 되는 건 안 되었고 될 건 되었다. 그리고 그런 일들은 참으로 시의적절하게 밀물과 썰물처럼 인생의 모래사장으로 들어왔다 나갔다 했다. 썰물에 쓸려 나가려 하면 밀물이 들어와 붙들어 세워 주었고 북풍이 불어 휘청거리면 남풍이 불어와 반대 방향으로 밀어주는 격이었다. 그래서 어떻게든 고꾸라지지 않고 살 수 있었다.

삶에 적절한 균형을 맞춰 주는 행불행 덕분에 우리는 울다가 웃다가 하면서 오늘을 살아가는 것이다. 때로는 기적 같은 행운이, 때로는 저주 같은 불행이 찾아오겠지만 내 힘으로는 어쩔 수 없을 것이다. '어차피' 인생은 알 수 없기에 섣불리 희망할 것도, 성급히 절망할 것도 없다. 그렇다고 노력이나 의지가 쓸데없다는 말은 아니다. 있는 힘껏 노를 저어야만 인생이란 배가 표류하지 않고 앞으로 나아갈 것이기 때문이다. 다만, 노를 젓는 동안 어디에선가 불어오는 알 수 없는 바람이 인생을 예측할 수 없는 미지의 바다로 이끌고 가더라는 것이다. 그러니 지금의 삶도 온전히 내가 만들어 온 것만은 아님을 겸허히 가슴에 되새기며 살려 한다.

어차피, 인생은 알 수 없는 것이다.
그러니 섣불리 희망하지도 성급히 절망하지도 말길

만약, 내가 로또에 당첨된다면?

만약 • 혹시 있을지도 모르는 뜻밖의 경우에

살면서 '만약'이라는 가정을 한 번도 안 해 본 사람은 없을 것이다. 우리는 어제와 별반 다르지 않은 오늘을 살아가고 있다. 늘 비슷비슷한 삶의 테두리 안에서 하루하루를 보내다 보면 미래 역시 그다지 다를 게 없지 않을까 하는 답답함과 권태로움이 밀려온다. 그럴 때 나는 짓궂은 개구쟁이처럼 두 가지 '만약'의 세계로 내달리곤 한다. 하나는 상상의 나래를 달고 꿈꾸던 미래 속으로 날아가 보는 것이다. 상상일 뿐이지만 짜릿하고 가슴이 마구 뛴다. 잠시나마 보잘것없는 현실을 잊고 행복에 빠져들게 해 주는 '만약'이다. 다른 하나는 두렵고 끔찍한 미래를 그려 보는 것이다. 잔인한 상상 속에서 고통스러워하다 보면 이내 지금의 현실이 얼마나 감사한지 깨닫게 되고 나의 욕심과 어리석음에 머리를 한 대 쥐어박게 된다. 이것은 현실을 겸허히 받아들이게 해 주는 '만약'이다. 그렇게 '만약'은 지금까지의 삶과는 차원이 다른 미래 속에 나를 가져다 놓음으로써 천국과 지옥을 동시에 경험하게 하는 마법 같은 부사이다.

그럼 '만약' 뒤에 따라붙는 말들에는 무엇이 있을까? 세상에는 수많은 사람이 존재하듯 '만약'의 세계도 가지각색일 것이다. 모두의 '만약'은 너무나 방대해서 여기에 다 적을 수도 없을 정도이지만, 대한민국 사람이라면 누구나 한 번쯤 품어 보았음 직한 '만약'이 있다. 그것은 바로 '만약 내가 로또에 당첨된다면?'일 것이다. 상상만으로도 온몸의 잔털이 오소소 일어나고 심장이 멎을 것같이 신나고 설레는 '만약'이다.

만약 내가 로또에 당첨된다면?

'만약' 속에는 자신만의 은밀한 바람이나 피하고 싶은 두려움이 숨어 있다. 만약 내 소설이 공모전에서 수상한다면? 만약 내 책이 베스트셀러가 된다면? 만약 내가 불치병에 걸린다면? 만약 내가 이룰 수 없는 사랑에 빠진다면? 수많은 마음속 비밀들이 '만약'의 문 뒤에 숨어서 조용히 숨죽이고 있다. 어떤 것들은 상상만으로도 기쁘고 감격스럽지만, 어떤 것들은 떠올리기도 싫을 만큼 끔찍하고 고통스럽기도 하다.

하지만 '만약 내가 로또에 당첨된다면?'은 장난 같기도 농담 같기도 한 가볍고 유쾌한 '만약'에 속한다. 내가 품은 수많은 '만약'에 비해 실현 가능성이 가장 낮기에 그럴 것이다. 길을 걷다 마주치는 누구라도 '나도 그래.'라며 맞장구를 쳐 줄 만큼 공공연한 '만약'이기도 하다. 완벽한 무소유를 실천하고 사는 수도자나 이미 경제적 자유를 달성한 부자에게는 해당되지 않는 이야기일 수도 있다. 하지만 대부분의 평범한 사람들에게 돈은 일평생 벗어날 수 없는 삶의 굴레와도 같다.

나는 스스로 횡재수를 타고났다고 생각하지도 않고 대박을 꿈꾸지도 않기에 로또를 자주 사지는 않는다. 하지만 소위 길몽이라는 걸 꾼 날에는 꿈값이 아까워서 로또를 사 보기도 한다. 로또를 사서 품고 있으면 일주일 내내 달콤한 '만약' 속에서 헤어 나오질 못한다. 마음속에선 이미 엄청난 부자가 되어 노블레스 오블리주를 실천할 다양한 방법들까지 궁리하고 있다. 왠지 그 일주일 동안은 까칠한 상사도 고약한 거래처도 못돼먹은 친구도 다 용서할 수 있을 것만 같다. 하지만 당첨 번호가 발표되는 날이 오면 어김없이 온몸에 찬물을 뒤집어쓰고 냉수를 한 바가지 들이켜야만 한다. 별 볼일 없는 현실로 되돌아와서는 '만약은 무슨 얼어 죽을 만약? 이번 생은 아무래도 글렀나 봐.'라며 툴툴거리게 되는 것이다.

축 처진 어깨로 침울해하다가 이내 혼자 피식하고 웃는다. '그래도 일주일 동안 즐겁고 행복했잖아? 그럼 됐지 뭐.' 누구에게도 무해한 나 혼자만의 '만약'이고 단돈 만 원과 맞바꾼 즐거운 일탈이었을 뿐이다. 이왕이면 땅 밑으로 굴러떨어지는 '만약' 말고 하늘 위로 가뿐히 날아오르는 '만약' 속에 사는 게 좋지 않을까? 학교에 근무할 때 모시던 교장 선생님은 오로지 한 번호로만 매주 복권을 산다고 했다. 당신이 살아 있을 때 당첨이 안 되면 그 번호를 자식들에게까지 물려줄 거라고 했다. 참으로 대단한 집념이라는 생각이 들었다. 나도 한번 따라 해 볼까 망설였지만, 평생을 공들일 '나만의 번호'가 없었기에 조용히 그만두고 말았다.

'만약'은 현실과 거리가 먼 꿈을 품고 있는 것 같지만 마냥 터무니없는 이야기만은 아니다. 상상은 언제나 그렇듯 현실이 나아갈 방향을 알려 주고 이끌어 주는 나침반 역할을 하기 때문이다. 수많은 만약의 세계 중 자기를 기쁘고 설레게 하는 '만약'을 향해 현재의 삶을 열심히 조각해 나가게 되는 것이다. '만약 내가 작가가 된다면?'이라는 행복한 상상 하나로 매일 글을 쓰다 보니 신춘문예에 당선도 되고 이렇게 출간도 하게 된 것처럼 말이다. 그러니 상상의 힘을 등에 업은 '만약'이야말로 세상에서 가장 힘이 센 부사일지도 모르겠다.

만약, 내가 로또에 당첨된다면?
'만약'은 상상을 넘어 현실이 되기도 한다.

하염없이, 기다리고 있어

하염없이 • 시름에 싸여 멍하니 이렇다 할 만한 아무 생각이 없이
• 어떤 행동이나 심리 상태 따위가 자신의 의지와는 상관없이 계속되는 상태로

가을이 짙어 가던 날, 한참을 나무 밑에서 서성거렸다. 우수수 떨어지는 낙엽을 보고 있자니 쉬이 발길이 떨어지질 않아서였다. 나뭇가지에 아슬아슬하게 붙어 있던 나뭇잎들이 눈에 담을 새도 없이 순식간에 바닥으로 곤두박질치고 있었다. 낙엽은 바람에 휘휘 날리며 춤을 추는 듯하다가도 느닷없이 투둑투둑 바닥을 들이받으며 발밑으로 추락했다. 짧은 찰나에 벌어지는 생명의 적멸은 보는 이의 마음을 한없이 스산하게 했다. 눈길 한 번 주지 않고 돌아누운 낙엽의 서늘한 침묵 앞에서 나는 생사를 건너가고 있는 무언가를 '하염없이' 바라보고만 있었다. 그렇게 어느 날 문득 온 세상에 '하염없이'라는 말만이 고추잠자리처럼 맴돌고, 그 앞에서 캄캄히 얼어붙어 버리는 순간이 있다.

하염없이, 기다리고 있어.

—

'하염없이'라는 말은 속수무책의 상황을 떠오르게 한다. 스스로 자각

하지 못하면서 관성적으로 반복하게 되는 마음이나 행동의 습관을 나타내는 부사로, 어찌할 수 없는 강력한 힘에 자꾸만 이끌리게 되는 것을 의미한다. 의지와는 상관없이 저절로 흘러가 버리는 마음에 종종 지배당하곤 하는 것이다. 또 시름이 깊은 나머지 아무 생각 없이 멍해져 있을 때도 '하염없이'라는 부사를 쓴다. 두 경우 다 냉철한 현실감각이 조금은 마비되어 버린 상태를 일컫는다는 점에서 공통점이 있다.

'하염없이'라는 말과 자주 붙어 다니는 말이 바로 '기다림'이다. 누군가를 혹은 무언가를 기다리는 마음에 대해 생각해 본다. 우리는 늘 무언가를 기다리면서 살고 있다. 여행지로 가는 기차의 탑승 시각을 기다리고, 사랑하는 이와의 만남을 기다리고, 마음 편히 늦잠을 잘 수 있는 주말을 기다린다. 이러한 기다림은 우리에게 소소한 기쁨을 가져다준다. 기다리면 반드시 이루어지거나 이루어질 충분한 가능성을 품고 있기 때문이다. 기차는 제시간에 올 것이고, 약속한 연인은 눈앞에 나타날 것이며, 주말도 어김없이 돌아올 것이다.

하지만 가끔 우리는 아무런 기약도 없는 기다림을 한다. 실현 가능성을 가늠할 수조차 없는 기다림, 누구하고도 약속하지 않은 막연한 기다림 말이다. 기약이 있는 기다림은 기다리는 순간을 환희와 설렘으로 가득 차게 하지만, 반대의 경우라면 기다림이 때론 견디기 힘든 고통이 되기도 한다. 그런데 '하염없는 기다림'이란 어쩐지 후자와 더 어울리는 것 같다.

기다림은 사람을 지치게 하지만, 아무런 기다림도 없이 인생을 살아간다면 어떻게 될까? 눈앞에 보이는 현재만을 생각하며 산다면 삶은 한없이 시시하고 남루해질지도 모르겠다. 미래가 없다면 현재도 무의미하게 느껴질 것이기 때문이다. 우리는 모두 각자의 삶에서 특별한 의미를 찾고 가치를 추구하려고 한다. 그런데 무언가를 기다리는 일이야말로 기다리는 동안의 삶을 가치 있고 의미 있게 만들어 주는 것이다. 그러니 기다릴 게 많은 사람은 현재의 삶을 더 충실히 살아갈 수밖에 없다.

기다림의 필수 요소는 '희망'이 아닐까 생각한다. 우리가 무언가를 혹은 누군가를 기다린다는 것은 '희망'을 가슴속에 품고 있다는 증거이기도 하다. 희망이 없는 사람은 미래에 대한 아무런 기대도 없기에 무언가를 오래도록 기다리지도 못할 것이다. 반대로 희망의 필수 요소 역시 '기다림'이라고 볼 수 있다. 정연복 시인은 〈희망〉이란 시에서 살아 있는 모든 것들은 희망의 씨앗을 품고 있다고 했다. 누구에게나 있는 그 씨앗에 생명을 불어넣고 싹을 틔우게 하려면 기다림의 시간이 꼭 필요한 것이다.

'희망'을 품고 기다리는 것은 그 자체로 삶의 뚜렷한 의미이자 목적이 될 수 있다. 눈앞에 닥치는 어떤 고난이나 시련도 문제가 되지 않을 것이다. 다만 얼마나 열렬히, 얼마나 '하염없이' 기다릴 수 있느냐가 관건일 뿐이다. 희망을 품은 뜨거운 기다림만이 인생을 활짝 꽃피우게 할 수 있다. 기다림, 그것은 곧 삶이 되어야만 한다.

하염없이, 기다리고 있어.
희망을 품은 뜨거운 가슴으로

그럭저럭, 잘 지내나요?

그럭저럭 • 충분하지는 않지만 어느 정도로
• 그렇게 저렇게 하는 사이에 어느덧

누군가가 안부를 물을 때 열이면 아홉이 이렇게 대답한다. “그럭저럭 잘 지내. 너는?” 그러면 상대도 대부분 똑같이 맞받아친다. “나도 그럭저럭 잘 지내.” 우리는 서로의 ‘그럭저럭’에 안도하면서 그걸로 충분하다고 생각한다. ‘그럭저럭’은 별일 없이 잘 지내고 있다는 말과 동의어로 느껴지기 때문이다. 하지만 이에 반론을 제기하는 사람도 있을 것이다.

“하나뿐인 인생을 ‘그럭저럭’ 적당히 살아간다는 건 조금 허무하지 않나요? 이슬아 작가는 임종 직전에도 ‘정말이지 끝내주는 인생이었어.’라고 말하고 싶다고 했어요. 그러니 뜨뜻미지근하게 굴지 말고 좀 더 열정적으로 살아 보는 게 어때요?”

끝내주는 인생이란 왠지 ‘그럭저럭’ 살아가는 인생과는 상당히 거리가 멀게만 느껴진다. 하지만 솔직히 나는 ‘그럭저럭’이 편안하고 부담없어서 좋다. 끝내주는 게 뭔지 잘 알지도 못할 뿐만 아니라, 미치도록 좋은 것이나 죽도록 행복한 것을 열렬히 갈망하지도 않는다. ‘그럭저럭’ 좋거나 ‘그럭저럭’ 행복한 상태에 머무르고 싶다. 마찬가지로 ‘그럭저럭’

싫거나 '그럭저럭' 고통스러운 정도는 견딜 만하다고 생각하는 편이다.

그럭저럭, 잘 지내나요?

——

삶에서 '행복'이란 단어를 되새김질하게 된 것은 어른이 된 후였다. 어린 시절엔 행복에 대해 깊이 생각하지 않았다. 좋으면 좋은 대로 싫으면 싫은 대로 하루를 보냈고 밤이 오면 졸음에 겨워 잠이 들었다. 다음 날이 되면 세상은 완전히 처음부터 다시 시작하는 것처럼 새로워져 있었고 앞으로의 삶은 오지 않을 것처럼 아득하게만 느껴졌다. 아무리 힘든 일이 있어도 못 견딜 정도로 고통스럽진 않았고 그럭저럭 살아갈 만했다. 반대로 진짜로 좋은 일이 있어도 그것이 정말로 소중하고 행복한 일인지 알지 못했다. 그러니 매사에 안달복달할 필요가 없었다. 어린아이의 단순함이야말로 신이 주신 최고의 축복이 아닐까?

어린 시절 지독한 기침병을 앓은 적이 있었다. 병원에서는 심해지면 생명이 위험해질 수도 있다고 경고했다. 정말이지 숨넘어가게 기침을 해댈 때면 '이러다 죽을 수도 있겠구나.' 생각하기도 했다. 하지만 나는 그 저주 같은 예언에 별다른 불안을 느끼지는 않았다. 죽음이 그다지 두렵지도 무섭지도 않았다. 만약 지금이라면 어땠을까? 아직 일어나지도 않은 일들까지 미리 고통스러워하면서 불행을 한탄하느라 하루하루를 시름 속에서 보냈을 게 분명하다. 하지만 당시엔 모든 게 '그럭저럭' 흘러가는 듯했고 내가 시궁창에 빠져 있는지 꽃잎 위에 앉아 있는지 판단하려 들지 않았다. 슬프면 엉엉 울었고 기쁘면 무람없이 웃었고 졸리면 쓰러져 잤고 배고프면 막무가내로 먹었다. '그럭저럭' 보냈던 단순한 시간이 흐르고 흘러 결국 건강한 어른으로 성장할 수 있었다.

그런데 막상 어른이 되고 나니 인생이 지나치게 중요해졌다. 행복은 어렵기만 하고 꿈은 손에 잡히지 않았다. '그럭저럭' 사는 게 도저히 성에 차지 않아서 안절부절못했다. 열정으로 들끓던 젊은 시절에는 나 역시 '끝내주는 인생'을 살고 싶었다. 자극적일 정도로 충만한 인생만이 진짜 인생이라고 생각했다. 죽도록 좋은 것이나 미치도록 행복한 것이 내가 모르는 어딘가에 숨어 있을 것만 같아 발을 동동 굴렀다. 하지만 시간이 흐를수록 깨닫기 시작했다. 사는 건 생각보다 단순한 일이며 삶의 비밀 따위는 세상 어디에도 숨어 있지 않다는 것을. 이제는 점점 어린 시절로 되돌아가는 느낌을 받는다. '그럭저럭'이 더없이 편하고 만족스럽게 느껴지기 시작했기 때문이다.

인생의 쓴맛을 맛본 사람들이 하나같이 하는 말이 있다. 평범하게 사는 것이 세상에서 가장 어려운 일이라고. 어쩌면 끝내주는 인생보다 어려운 게 평범한 인생일지도 모르겠다. 이제는 아무리 끝내주는 무언가가 기다리고 있다 하더라도 심장이 멎을 듯한 두려움이나 가슴이 찢어지는 고통을 견디면서까지 그것을 얻기 위해 낭떠러지 아래로 뛰어내리고 싶지는 않다. 나는 그냥 이 자리에서 오늘도 '그럭저럭' 하루를 잘 살아 냈음에 감사할 뿐이다.

여러 번의 넘어짐과 일어남 그 뒤에 배운 것은 결국 '그럭저럭' 사는 것의 소중함과 위대함이었다. 그걸 알기에 웃으면서 '그럭저럭'이라는 안부 인사를 주고받을 수 있게 된 것이다. 오늘도 나는 엄마에게 전화를 걸어 묻는다.

"엄마, 몸은 좀 어때?"

"그럭저럭 괜찮아."

"그래, 그럼 됐지 뭐."

사랑하는 가족이나 그리운 친구, 또 다른 누군가와도 '그럭저럭 잘 지내.'라는 인사를 주고받을 수 있었으면 한다. 별일 없이 산다는 거 그게 정말로 끝내주는 일일 테니까. 내 앞에 다가온 이 계절이 이번에도 '그럭저럭' 미풍처럼 지나가기를.

그럭저럭, 잘 지내나요?

정말로 끝내주는 인생이네요.

갓, 모든 처음의 설렘과 두려움

갓 • 이제 막

'갓' 브런치스토리 작가가 되어 글을 쓰기 시작했을 때의 흥분을 떠올려 본다. 세상에 '초심'만큼 깊고 아름답고 순정한 것이 있을까? 첫 소설을 탈고했을 때, 공모전에서 첫 수상을 했을 때, 난생처음 원고 청탁을 받게 되었을 때, 첫 책이 나왔을 때 느꼈던 설렘과 벅참은 지금까지도 생생히 나를 압도하고 있다. 글쓰기로 인해 겪게 된 감동적인 경험들이 무채색이기만 했던 삶을 형형색색으로 물들이고 있다. 그리고 이제 나는 떨림과 설렘이 가득한 '갓' 등단한 소설가가 되었다.

세상의 모든 '갓'은 경이롭다. 갓 태어난 아기, 갓 입학한 학생, 갓 입사한 사원, 갓 사랑을 시작한 연인, 갓 부모가 된 부부 이들은 모두 얼마나 사랑스러운가? 갓 이사 온 새집, 갓 배달 온 택배 상자, 갓 지은 밥과 갓 내린 커피는 또 얼마나 우리를 설레게 하는가? '갓'은 우리의 삶을 짜릿하고 충만하게 만드는 신비의 묘약 같은 부사이다.

갓, 모든 처음의 설렘과 두려움

—

'갓'에는 두 가지 서로 다른 얼굴이 숨어 있다. 낯선 문을 여는 순간은 설레고 흥분되지만, 동시에 너머의 세계에 대한 두려움으로 숨 막히게 불안하기도 하다. 사는 동안 통과의례처럼 지나왔던 생의 첫 관문들을 떠올려 본다. 그러면 그 문을 '갓' 열고 나갔을 때의 감정들이 파노라마처럼 가슴을 훑고 지나간다. 탄생, 입학, 입사, 결혼, 출산 등 누구나 비슷한 인생의 사건들을 겪으며 살아간다. 너무 기쁜 나머지 두려움 따윈 가볍게 발로 차 버리는 순간도 있지만, 지독한 불안에 잠식되어 좋아할 여유도 없이 가슴만 졸이는 때도 있다.

'갓' 걸음을 내딛는 순간들은 인생에 선명한 방점을 찍는 것과도 같다. 그리고 삶이란 결국 커다란 점과 점을 잇기 위해 가늘고 소소한 일상의 선을 매일 그어 나가는 것일 뿐이다. '갓'의 경험이 많다는 건 그만큼 인생을 오래 살아왔다는 증거이기도 하다. 지금 내 곁에 있는 아홉 살짜리 아들과 오십을 바라보는 내가 겪은 '갓'의 경험은 그 양에서부터 엄청난 차이가 난다. 아들에겐 앞으로 살면서 겪어야 할 일들이 훨씬 더 많고 다양할 것이다. 반대로 나에겐 새롭게 경험할 '갓'의 순간들보다는 추억으로 남을 일들이 더 많을지도 모르겠다. 하지만 놀랍게도 삶은 새로운 '갓'의 순간들을 끊임없이 창출해 내는 마법을 부리곤 한다.

이제는 인생의 중후반부에 접어들었고 더는 새로운 '갓'의 경험을 맞이할 여지는 없을 줄 알았다. 그랬던 내가 소설가라는 완전히 새로운 세계에 발을 들여놓게 된 것이다. 그리하여 가슴이 터질 듯한 '갓'의 순간들을 다시금 겪게 되었다. 그러고 보면 '갓'이란 우리 삶에 어느 날 갑자기 날아든 '발신인 없는 편지'이고 '낯설지만 아름다운 방문객' 같은 것일지도 모르겠다. 익히 알고 있고 예견하던 일들이 인생의 전부는 아니라는 말이다.

앞으로 맞이하게 될 새로운 인생의 관문에는 어떤 것들이 있을지 궁금하다. 아무것도 쉽게 예측할 수 없기에 설레는 동시에 두렵기도 하다. 이십 대에는 인생이 광야처럼 넓고 까마득하게만 느껴졌다. 그 광활한 시공간으로 무엇이든지 들어오고 나갈 수도 있다고 확신했다. 숱한 비움과 채움을 반복하면서 어느새 사십 대에 이르렀지만, 눈앞의 생은 여전히 미지의 세계일 뿐이다. 아무리 나이가 들더라도 여생을 설레는 마음으로 기대하고 기다릴 수 있다고 생각한다. '갓'의 순간들이 또다시 찾아오리라는 희망을 잃지만 않는다면 말이다.

《자기 앞의 생》을 쓴 에밀 아자르는 원래 로랭 가리라는 유명한 소설가였다. 그는 소설가로서의 자기 이름을 버리고 새로운 이름으로 다시 등단했다. 그리고 동시에 두 소설가의 삶을 살면서 사람들을 감쪽같이 속였다. 자신의 이름을 버리고 새롭게 등단한 무명 소설가가 되면서까지 그가 간절히 열망했던 것 역시 '갓'의 순간들이 아니었을까 생각해 본다. 새로운 시작의 강렬하고도 설레는 떨림, 기존의 틀에 얽매일 필요 없는 처음의 순수함 그리고 편견이나 고정관념 없이 바라보는 사람들의 투명한 시선이 《자기 앞의 생》이란 위대한 소설을 창작할 수 있는 원동력이 되어 준 것이다.

'갓'의 경험이 하나씩 쌓여 갈 때마다 삶 위엔 새로운 색이 한 겹씩 덧칠해지고 있다. 겹겹이 쌓인 유화 물감의 깊이와 질감은 말하지 않아도 그 아름다움을 한눈에 알아볼 수 있지 않았던가? 그러니 발신인 없는 편지도 과감히 펼쳐 볼 것이고 낯선 방문객도 기꺼이 환대해 볼 것이다. 그들이 가져올 새로운 '갓'의 경험이 삶에 어떤 이국의 색과 빛을 덧입혀 줄지 알 수 없으니까 말이다.

갓, 모든 처음의 설렘과 두려움
삶은 새로운 '갓'의 순간들을 무한히 창출해 내는 마법을 부린다.

하필, 내게만 이런 일이 닥칠 게 뭐람

하필 • 다른 방도를 취하지 아니하고 어찌하여 꼭

'하필'은 원망의 마음이 가득 느껴지는 부사이다. 왜 그래야 하는지 받아들이기 힘든 일이 벌어졌을 때 우리는 '하필'이라며 탄식하곤 한다. 머피의 법칙이란 말이 괜히 나왔겠는가? 이상하게 불행이나 불운은 내게만 자주 들이닥치는 것 같다. 그러나 곰곰이 생각해 보면 나에게 어떤 일이 일어나지 않을 이유는 하나도 없다. 반대로 나여야만 했던 이유도 없었을 것이다. 무언가가 일어났고 '하필' 내가 거기 있었을 뿐이다.

우리는 알고 있다. 머피의 법칙이라는 것도 확률의 세계에선 당연한 결과일 뿐이고 나만의 불운과는 하등 관련이 없다는 것을. 머리로는 알면서도 살면서 부딪히는 수많은 불운에 대해 왜 '하필' 나여야만 하냐며 가슴을 치며 억울해한다. 특히 비극적인 일을 겪었을 때 그 원망은 걷잡을 수 없이 증폭되기 마련이다. 사랑하는 사람을 잃었거나 자기의 삶이 심하게 훼손되었다고 생각하는 사람들의 경우 지독한 억울함이나 원통함에서 벗어나기가 무척 힘들다.

하필, 내게만 이런 일이 닥칠 게 뭐람.

——

그녀는 엄마라는 이름으로 내게 왔고 그 절대적인 이름 뒤에 가려져 평생을 가까이 들여다볼 수 없는 사람이었다. 나를 낳고 젖을 먹여 키운 모성의 벽 앞에서 오랜 시간 나는 아무것도 모르는 발가벗은 어린애로 존재해야만 했다. 하지만 더는 엄마의 품을 그리워하지 않는 어른이 되자 엄마도 평범한 여자일 뿐이라는 사실이 서서히 눈에 들어오기 시작했다. 불행하게도 그녀는 '하필'로 시작해서 '하필'로 끝나는 신세타령을 쉬지 않고 입에 달고 사는 여자였다. 특히 그녀가 평생을 원망한 대상은 남편이었다. '하필 이 남자를 만나서'로 시작하는 그녀의 레퍼토리는 시도 때도 없이 반복되었다. 그녀에게 남편이란 존재는 '하필 내 인생에 들어와 일평생 고통만 안겨 준 나쁜 남자'에 지나지 않았다.

그런 엄마를 이해할 수 없었다. 왜 아빠와 헤어지지 않는 것일까? 스스로 삶을 개척하지도 않으면서 어째서 그렇게 답답한 한탄만 늘어놓으며 사는 것일까? 그것도 두 사람의 피를 모두 다 물려받고 태어난 자식에게 말이다. 엄마의 '하필'을 귀에 박히도록 들으면서 다짐했다.

'불만이 있으면 모든 걸 스스로 바꾸든지, 바꿀 수 없다면 그냥 받아들이고 살아야지. 비겁하게 뒤에서 원망만 하면서 살진 않을 거야.'

그런데 결혼을 하고 나니 시어머니도 나를 붙들고 엄마와 비슷한 하소연을 하는 게 아닌가? 그쯤 되니 수많은 사람이 '하필'에 중독되어 있고 '하필'의 수렁에 빠져 허우적거리고 있는 건 아닐까 하는 의심이 들었다.

그렇다면 나는 어떠한가? 솔직히 말해 그런 생각을 전혀 하지 않았다면 거짓말이다. 남편의 우울증으로 삶이 해진 걸레처럼 너덜거릴 때면 '하필 나는 이런 남자를 만났을까? 세상엔 건강한 사람도 많고 많은데…….'라며 서슬 퍼런 원망을 품어 보기도 했었다. 다만 내가 엄마와 달랐던 점은 자식 앞에서만큼은 절대로 그런 한탄을 하지 않았다는 것뿐이었다. 그 말이 자식에게 얼마나 잔인한 독이 되는지 몸소 경험했기에 같은 상처를 대물림하고 싶지 않아서였다. 하지만 나 역시 '하필'의 덫에 걸려들어 몸부림친 적이 있었다는 건 부인할 수 없는 사실이다.

구차한 변명일 수도 있겠지만, '하필'은 모든 인간이 품을 수 있는 나약함이자 겉으로 드러낼 수 있는 비겁함이 아닌가 생각한다. 다만 '하필'의 강도와 빈도에 따라 그리고 그에 대한 행동에 따라 남은 인생이 달라질 수는 있을 것이다. '하필 이 일을 시작해서 고생이네.'라고 불퉁거리면서도 몸을 일으켜 일터로 나가고 묵묵히 오늘치의 일을 해냈다면 '하필'에 뒷덜미를 잡혀 주저앉은 것은 아니다. '하필 이 남자를 만나서 인생이 꼬였네.'라고 한탄하면서도 그의 말에 귀 기울일 수 있는 인내와 그의 눈을 마주 볼 수 있는 여유를 여전히 가슴속에 품고 있다면 그것은 너무나도 인간적인 '하필'인 것이다.

하지만 원망과 한탄에서 도저히 헤어 나오지 못하고 점점 더 깊은 수렁으로 빠져들고만 있다면 문제가 심각하다. 시드는 건 자기 자신이고 소멸해 가는 것 역시 자신의 남은 인생일 뿐일 테니까. 안타깝게도 나는 곁에 있는 그녀를 비난하거나 바꿀 수는 없다. 하필 그녀는 엄마고 나는 그녀의 하나밖에 없는 외동딸이기 때문이다. 그러니 그녀의 가슴에 맺힌 '하필'이 눈 녹듯 녹아내릴 봄날을 조용히 기다려 주기로 한다. 그때까지는 그녀에게 순한 눈과 귀가 되어 주고 때로는 마음에도 없는 맞장구까지 쳐 주면서, 그녀의 '하필' 타령을 계속해서 들어 줄 수밖에는 없을 것 같다.

하필, 내게만 이런 일이 닥칠 게 뭐람.
비겁하지만 지극히 인간적인 원망이 아닐까?

자꾸, 과거를 뒤돌아보는 것은

자꾸 • 여러 번 반복하거나 끊임없이 계속하여

그리스 신화에 나오는 메두사는 뱀으로 된 머리카락을 지닌 무시무시한 괴물이다. 누구든 그녀의 얼굴을 한 번 바라보기만 해도 온몸이 돌로 변하는 끔찍한 저주에 걸리게 된다. 그런데도 사람들은 그 얼굴을 '자꾸' 쳐다보고 만다. 보고 싶어서가 아니라 안 볼 수가 없어서이다. 메두사의 얼굴은 잊고 싶은데 도저히 잊을 수 없는 괴로운 과거를 연상케 한다. 안 보면 좋을 것을 왜 '자꾸' 과거를 뒤돌아보고 돌덩이가 되어 꼼짝도 못 하게 되는 것일까?

'자꾸'라는 부사를 떠올리다 보면, 어디에선가 우울한 블루스가 들려오는 듯하다. 그리고 어느새 나는 비련의 여주인공이 되어 버린다. 슬픈 과거가 비극의 서사를 써 내려가는 동안, 여주인공에 걸맞은 연기를 하면서 홀로 한숨짓거나 눈물 흘리는 것이다. 이런 궁상맞은 짓거리는 그만 때려치워야 한다고 생각하지만 이미 과거의 덫에 빠져 버린 나는 고통의 물레만 쉼 없이 돌리고 있다. 뫼비우스의 띠처럼 시작도 끝도 없는 비극이 상연되고 마침내 어둠은 모든 걸 집어삼켜 버리고 만다.

자꾸, 과거를 뒤돌아보는 것은

그런데 모두가 메두사를 보고 돌이 된 것은 아니었다. 페르세우스는 메두사의 얼굴을 보고도 그녀의 목을 베어 버릴 수 있었다. 그가 그녀를 물리칠 수 있었던 건 그녀의 얼굴을 직면하지 않고 방패에 비친 반영을 보며 칼을 휘둘렀기 때문이었다. 나는 이 신화에서 과거를 어떻게 바라봐야 하는지에 대한 귀한 실마리 하나를 얻을 수 있었다. 그것은 바로 '객관화라는 거울'을 통해 들여다보아야 한다는 것이다. 비통하거나 후회스러운 과거를, 있는 그대로 '자꾸' 뒤돌아보는 것은 메두사의 얼굴을 똑바로 마주하는 것과 다르지 않다. 페르세우스처럼 과거를 방패에 비친 반영으로 볼 수만 있다면 우리는 조금 덜 상처받으면서 그것을 극복해 낼 수도 있을 것이다.

누군가는 비겁하다고 욕할지도 모르겠다. 맨눈으로 보지 않고 반사된 모습을 보는 것은 진실을 왜곡하여 제멋대로 해석할 가능성이 있기 때문이다. 하지만 과거를 조금 미화하거나 합리화한다고 해서 죄가 되는 건 아니라고 생각한다. '자꾸' 발목을 붙들고 삶을 주저앉히는 어두운 과거라면 편법을 써서라도 물리쳐 버리는 게 낫지 않을까? 린든 B. 존슨은 '과거에서 교훈을 얻을 수는 있어도 과거 속에 살 수는 없다.'라고 하였다. 과거를 자꾸 뒤돌아보는 것은 언제까지나 과거 속에 머무르면서 고인 채로 살아가는 것이나 마찬가지이다.

사실 '자꾸'라는 부사에는 아무런 부정적인 의미도 담겨 있지 않다. 끊임없이 반복해서 마음이 가고 행동을 하게 되는 상태 그 자체를 뜻할 뿐이다. 우리에겐 유쾌한 '자꾸'도 상당히 많다. 사랑에 빠진 이는 '자꾸' 한 사람만 생각날 것이고, 재미있었던 일은 자다가도 '자꾸' 웃음이 날 것이며, 어려운 시험에 합격한 이는 믿기지 않아 '자꾸' 자기 볼을 꼬집어 볼 것이다. 너무 즐겁고 행복해도 '자꾸'의 덫에서 헤어 나오지 못한다. 하지만 안타깝게도 사람들은 행복한 일보다는 불행한 일에 더 오래 집착하고 매달리는 경향이 있다.

특히 과거에 대한 상념은 완전히 벗어나기 힘든 굴레이자 쳐다보지 않을 수 없는 메두사의 얼굴이다. 그래서 사는 동안 늘 페르세우스의 방패를 얻고 싶어 안달했는지도 모르겠다. 돌이킬 수 없는 과거로부터 나를 지켜 주고 암흑 같은 과거의 목을 베어 버리도록 도와줄 방패를 말이다. 누구나 자기만의 방패가 있겠지만 나는 글쓰기를 통해 과거를 들여다봄으로써 '자기 객관화'가 좀 더 수월해질 수 있었다. 누구는 걷거나 달리고, 누구는 명상을 하며, 또 누구는 그림을 그리고, 악기를 연주할 수도 있을 것이다. 한때 나는 수도원에 들어가고 연극 동호회에 나가고 집단상담을 하러 다녔다. 초상화와 천연 염색을 배우고 바리스타가 되기도 했었다. 젊은 시절엔 무언가를 계속해서 배우거나 새로운 것에 도전하지 않고는 잠시도 견딜 수가 없었다. 소소한 취미에 지나지 않는 것이든 진로를 통째로 바꿔 버리는 것이든 모두 다 과거의 고통을 객관화하기 위한 나만의 처절한 고군분투가 아니었던가 싶다.

돌잡이로 연필을 들었다던 나는 긴 세월을 돌고 돌아 다시 펜을 집어 들었다. '자꾸' 쓰고 싶었고 쓰다 보니 나 자신을 마주 보게 되었다. 그리고 어느 때보다도 강렬하게 달라져 가는 나를 만날 수 있었다. 글이라는 방패에 비친 과거를 들여다보면서 마침내 발견하게 된 것은, 보이지 않게 깊숙이 박혀 있던 '나만의 슬픔'이었다.

유진목은 《슬픔을 아는 사람》에서 각자의 슬픔은 없애 버려야 할 게 아니라 품고 살아야 하는 것이라고 했다. 어두웠던 과거를 '자꾸' 뒤돌아보는 것은 고통스러운 일이다. 하지만 결국엔 그 안에서 자기만의 슬픔을 발견해 내야 한다. 그것이 인생이 우리에게 내어 준 숙제일 것이다. 슬픔이 없는 삶은 없고 슬픔은 삶을 단단하게 한다. 그리고 그 슬픔을 끌어안는 일이야말로 페르세우스의 방패가 지닌 진정한 능력일 것이다. 자꾸만 뒤를 돌아보게 만드는 흉측한 과거의 목을 베어 버리고 내 안에 슬픔만을 오롯이 남겨 놓을 수 있을 때, 삶은 진짜로 강해질 수 있을 것이다.

자꾸, 과거를 뒤돌아보는 것은
나만의 슬픔을 발견해 내는 과정이 되어야 한다.

거의, 닿을 듯하지만 여전히 닿지 못한

거의 • 어느 한도에 매우 가까운 정도로

'거의'란 동시에 두 가지 감정을 불러일으키는 부사이다. 끝이나 완성에 도달해 간다는 안도와 기쁨, 가까이 도달했지만 아직은 아니라는 답답함과 갈급함 그 두 갈래 사이에서 자주 혼란스러워지곤 한다. 그래서 '거의'란 말을 들으면 기분이 좋다가도 이내 나빠져 버린다. 닿을 듯 가까워졌지만, 정말로 닿지는 못했다는 뜻이기 때문이다. 사람을 감질나게 만드는 '거의', 이 부사 앞에서 완벽에 도달하지 못한 사람들의 희망과 절망에 대해 생각해 본다.

완벽한 상태와 완벽에 '거의' 도달한 상태 사이에는 얼마만큼의 간극이 있는 것일까? 그것은 아주 근소한 차이일 수도 있지만, 영원히 만날 수 없는 평행선처럼 영겁의 거리일 수도 있다. 마지막 하룻밤, 한 걸음, 한 번의 숨을 남겨 두고도 모든 걸 포기하거나 돌아서 버릴 수도 있는 게 인생이다. 누군들 알았겠는가 고지가 바로 코앞에 있는 줄을. 우리는 오늘도 숱한 희망 고문을 하면서 살아가고 있다. 눈앞에 보이는 결승점을 향해 전력을 다해 질주할 때도 있지만, 도무지 알 수 없는 막막한 미래를 향해 눈먼 사람처럼 더듬거리며 걸어 나갈 때도 있는 것이다.

나는 '거의'가 주는 희망에 매달리며 살고 싶지는 않다. 내일의 영광을 위해 오늘의 숨을 마지못해 참으며 고통 속에서 발버둥 치고 싶지도 않다. '거의'는 말 그대로 '거의'일 뿐이다. 어쩌면 먼 훗날에도 여전히 '거의'인 상태에만 머물러 있을지도 모르는 일이다.

거의, 닿을 듯하지만 여전히 닿지 못한

학창 시절 국어 시간에 만난 시인 이육사와 한용운은 평생토록 나라의 독립을 간절히 염원했으나 광복 직전 해인 1944년에 작고하고 말았다. 그야말로 광복이 '거의' 코앞에 다가왔는데 맞이하지 못하고 안타깝게 눈을 감은 것이다. 더 통탄할 사람은 윤동주 시인이다. 그는 독립을 불과 몇 개월밖에 안 남겨 두고 옥중에서 밤하늘의 별이 되었다. 그들은 모두 나라를 되찾고자 하는 독립 의지를 죽을 때까지 놓지 않았으며 막막한 어둠 속에서도 스스로 빛이 되어 타 버리기를 두려워하지 않았던 분들이다.

그들은 독립이 반드시 이루어져야 한다고 생각했다. 하지만 살아 있는 동안 그 꿈이 '거의' 실현되고 있다는 걸 알았을까? 아마도 그렇지는 않았을 것이다. 오히려 앞날이 암담한 상황 속에서도 독립을 향한 의지를 날마다 새로이 다지고 또 다졌을 것이다. '거의'라는 희망에 의존하지 않으면서도 자신의 모든 걸 조국의 독립을 위해 내던진 것이다. 나라면 아무리 옳은 일이라 할지라도 보이지 않는 미래를 위해 인생 전체를 투신한다는 게 쉽지만은 않을 것 같다.

감히 추측해 보건대, 그들은 희망 고문을 하면서 하루하루를 억지로 버티지는 않았을 것이다. 아무리 깊은 우물이라도 쉬지 않고 퍼내기만 하면 언젠가는 바닥이 드러나는 법이다. 열정이나 의지는 뽑아내고 또 뽑아내도 무한대로 솟아나는 화수분이 아니다. 오히려 그들은 꿈의 실현 가능성 자체에 크게 연연하지 않았을 거라는 생각이 든다. 목표에 어느 정도 도달했는지가 그다지 중요하지 않았을 거란 말이다. 희망이나 절망에 휘둘림 없이 그저 담담하고 성실하게 오늘의 삶을 살아간 것이다.

무언가의 정상에 오른 사람들은 처음부터 원대한 목표를 세우고 비장한 자세로 한 걸음, 한 걸음 올라가 마침내 자신이 원하는 고지에 도달한 것일까? 물론 목표가 아예 없지는 않았을 테지만 그들 대부분은 그저 매일매일 자기가 하던 일을 변함없이 반복했을 뿐이라고 말한다. 그들을 움직인 가장 큰 원동력은 몸에 밴 작은 습관인 경우가 더 많았다. 매일 해오던 일을 하루라도 하지 않으면 허전하고 불안해서 잠을 이룰 수도 없었던 거였다. 그렇게 단순하지만 반복되는 일상이 차곡차곡 쌓이고 쌓여 결국 정상의 자리에 도달할 수 있게 된 것이다.

목표를 정하고 그것을 향해 피땀 흘려 노력하는 행위를 깎아내리려는 건 절대로 아니다. 그리고 그런 비장함이 높은 성취를 이루기 위해선 꼭 필요하기도 하다. 단지 그게 다는 아니라는 말을 하고 싶을 뿐이다. 내일 지구가 멸망해도 오늘 한 그루의 사과나무를 심겠다고 한 스피노자처럼 희망이나 절망에 휘둘리지 않으면서도 오늘을 성실히 살아 나가는 사람들에 대해 말하려는 것이다. 그들에게 '거의'가 주는 희망이나 절망은 현재의 행동을 결정하는 데 그다지 절대적인 요소가 아니라는 것을.

나 역시 그렇게 살고 싶다. 꿈은 있되 꿈을 향해 나아가는 매일매일의 성과에 지나치게 연연하지 않으면서 말이다. '거의'라는 말이 누군가에겐 위안이 되고 누군가에겐 채찍질이 될 수도 있겠지만, 그것에 목을 매는 순간 늘 닿지 않는 세계 앞에서 전전긍긍하며 모자라는 삶만 살게 될 것이다. 나는 지금 여기에서 한결같은 모습으로 오늘을 성실히 살아가고 싶다. 꿈이 이루어질지 안 이루어질지 모르는 가운데에서도 자신이 하고자 하는 일을 묵묵히 해 나간 역사 속 그분들처럼, 작지만 꺼지지 않는 촛불이 되어 하루하루를 모자람 없이 밝히고 싶다.

거의, 닿을 듯하지만 여전히 닿지 못한
너머의 세계에 연연하기보다 오늘을 더 성실히 살아가고 싶다.

하마터면, 놓칠 뻔했잖아!

하마터면 • 조금만 잘못하였더라면. 위험한 상황을
겨우 벗어났을 때에 쓰는 말이다.

'하마터면' 살면서 놓칠 뻔한 것들이 무엇이 있었는지 곰곰이 생각해 본다. '하마터면'을 붙일 수 있는 상황은 보통 불행이나 비극적인 사건과 맞닿아 있는 경우가 많다. 불행의 목전에서 위태롭게 피해 갔거나 비극이 될 뻔한 순간을 기적처럼 벗어났을 때, 우리 입에선 '하마터면'이란 탄식이 저절로 터져 나온다. 그리고 '하마터면'을 입 밖으로 소리 내어 말하는 순간, 마음 밑바닥에선 '안도와 감사'의 마음도 부표처럼 불쑥 떠오르게 된다.

다음 쪽의 사진은 시골 학교에 근무할 때 찍은 것이다. 방학이면 학생도 교사도 없이 텅 빈 학교에 직원 서너 명만 나와서 근무하곤 했다. 그럴 때면 누구든 학교에 맨 먼저 도착한 사람이 무인경비시스템을 해제해야 했다. 그날도 카드를 들고 무심코 현관 앞으로 갔다. 그런데 눈앞에 웬 개구리 한 마리가 나타나는 게 아닌가? 기계 밑에 대롱대롱 매달려 있는 모습을 보자 나는 그만 풋 하고 웃음을 터뜨렸다. 정말 엄지손가락만큼이나 작은 개구리였다. 어떻게 이런 높은 곳까지 올라온 것인지 의아했다.

사람 키에 맞게 설치된 기계는 땅에 있던 녀석에게는 우주만큼이나 멀고 아득한 거리였을 텐데 말이다. 넋을 놓고 한참을 쳐다보고 있는 내게 녀석은 냅다 소리를 질렀다.

하마터면, 놓칠 뻔했잖아!

——

그날 개구리를 땅에 내려 주었는지 그대로 내버려두었는지는 잘 기억나지 않는다. 아마도 나의 개입이 무용하다는 생각에 조용히 그 자리를 떠났을 가능성이 크다. 다만 이 사진을 휴대전화에 담아 두고 이따금 한 번씩 꺼내 보곤 했다. 어찌 보면 떨어지기 직전의 긴박한 위기 상황인 것도 같고, 거의 다 올라가 기쁨을 만끽하기 직전의 찰나인 것 같기도 하다. 저 오묘한 순간을 보면서 나는 '하마터면'이란 부사를 떠올렸다. 그리고 숱한 위기나 실패, 불행의 순간들이 스쳐 지나갈 때마다 그것을 얼마든지 긍정의 의미로 바꾸어 해석할 수도 있겠구나 싶었다. '하마터면'에 담긴 불길함의 그림자를 등에 지고 감사와 안도의 빛 쪽으로 한 발짝만 걸어 나간다면 알 수 없는 인생도 조금은 만만해질 것 같았다.

나이 마흔에 아들을 낳았다. 딩크족이었던 우리 부부는 일부러 아이를 낳지 않았었다. 하마터면 아들은 세상에 존재하지 않을 수도 있었다. 임신하자마자 하혈을 해 유산이 될 뻔했고 임신 초엔 아찔한 교통사고를 당해 태반 박리라는 위험한 진단을 받기도 했다. 돌이 갓 지났을 무렵엔 옥상에서 미끄러져 계단 아래로 굴러떨어지기도 했다. 아들은 그 모든 비극이 될 뻔한 순간들을 아슬아슬하게 비껴갔다. 나는 아들에게 닥쳤던 위기의 순간들을 떠올리면서 '하마터면 너를 잃을 뻔했잖아.'라며 가슴을 쓸어내리곤 했다. 하지만 돌이켜 보면 그 순간들은 아들에게 주어진 최고의 축복이자 기적이었을지도 모른다. 그때 그 순간 신의 가호가 없었다면 아들의 운명은 어떻게 달라졌을지 알 수 없기 때문이다.

중학생 때였다. 내 키보다도 낮은 난간에 올라가 친구들과 평균대 놀이를 하고 있었다. 좁은 난간 위에서 양팔을 비행기 날개처럼 벌리고 누가 더 멀리까지 걸어가는지 내기하는 것이었다. '내가 일등이야.'라고 웃으면서 소리 지르던 순간 눈앞이 캄캄해졌다. 눈을 떴을 때 나는 병원 침대에 누워 있었고 얼굴이 새하얗게 질린 친구들과 부모님이 사시나무처럼 파르르 떨고 있었다. 그 찰나의 순간에 생과 사를 오간 것이었다. 별로 높지 않은 곳이었지만 떨어지면서 다리가 난간의 복잡한 틈 사이에 끼어 버렸고 그 바람에 머리가 아스팔트 바닥으로 내리박혔다. 나는 정신을 잃은 채 눈을 하얗게 뒤집고 입에 거품을 무는 기괴한 모습까지 보였다고 했다. 다행히 역 앞이었던지라 지나가던 택시 운전사가 서둘러 나를 응급실로 호송했다. 한동안 뇌진탕 증세로 미칠 듯한 두통에 시달려야만 했다. 머리에 물이 차서 죽을 수도 있다는 진단을 받고 두려움에 떨기도 했다. 하지만 결국 회복했고 사고를 잊을 만큼 다시 건강해졌다.

그날은 아주 운수 없는 날 중 하나로 각인되었다. 아무도 다치지 않을 장소에서 누구보다도 심하게 다친 사람이 바로 나였으니까. 하지만 이제 와 생각해 보니 참으로 기적이지 않은가? 죽을 수도 장애를 입을 수도 있는 상황에서 무사히 살아남았으니까 말이다. 아들을 비껴간 '하마터면'의 순간들처럼 내게도 신의 축복과 가호를 입은 순간이 있었던 것이다. 나는 다시 아슬아슬하게 매달려 있는 사진 속 개구리를 바라본다. 그리고 녀석이 하려던 말이 무엇인지 가만히 귀 기울여 본다. 저 개구리는 분명 정상을 정복하기 직전에 안도와 감사의 마음으로 '하마터면'을 외치고 있던 것이리라. 놓칠 뻔했으나 놓치지 않고 결국엔 정상까지 올라갔으니 누구보다 행복해하면서 말이다. 그리고 그런 순간이야말로 인생에서 쉽게 만날 수 없는 기적의 찰나임을 내게도 알려 주려 한 것이다.

하마터면, 놓칠 뻔했잖아!

놓치지 않았으니 얼마나 감사한 기적인가.

무턱대고, 가 볼 수도 있는 거야

무턱대고 • 잘 헤아려 보지도 아니하고 마구

그즈음 나는 삶이 허무했다. 미치도록 허무해서 지금까지의 삶을 송두리째 바꿔 버리지 않고는 도저히 견딜 수가 없었다. '그냥 죽을래? 다시 살래?' 극단적인 두 질문을 양손에 쥐고서 안절부절못하고 있었다. 기어이 지나가야만 하는 가혹한 운명의 갈림길 앞에 놓인 순간이었다. 무언가에 홀린 듯 '무턱대고' 수녀원으로 메일을 보냈다. 그곳엔 나를 구원해 줄 무언가가 반드시 있을 것만 같았다. 그리고 응답을 받았다. 놀랍게도 그 수녀원은 내가 다니던 중학교 바로 옆에 있었다. 긴 세월 동안 어째서 그곳에 수녀원이 있다는 사실을 알지 못했는지 의아했다.

그 길을 지나다니던 중학생 시절을 떠올리자 모든 게 애초부터 정해져 있던 운명인 것처럼 느껴졌다. 사람들은 진짜 사랑을 옆에 두고도 깜깜하게 몰라보기도 하지 않던가? 사는 동안 눈길 한번 주지 않았던 그곳에 오래전부터 수녀회가 터를 잡고 있었다는 사실은 가슴을 저릿하게 했다. 먼 길을 돌고 돌아 운명의 연인을 다시 마주하기라도 한 것 같았다. 이제 내 삶은 오직 단 하나의 방향으로만 향하고 있었다. 아무것도 보이지 않고 들리지 않았다. '그냥 죽을래? 다시 살래?'의 물음 중 하나를 멀리 집어던져 버렸다. 그리고 나는 다시 살기 위해 수녀회로 통하는 문 안으로 '무턱대고' 들어갔다. 서른두 살의 어느 초여름에.

내가 수녀가 되겠다고 했을 때, 수녀님들은 환대했고 지인들은 당황했고 부모님은 절망했다. 하지만 나 자신은 미치도록 기뻤고 가슴이 벅차올랐다. 이따금 숨을 쉴 수도 없이 거대한 슬픔이 밀려오기도 했지만 개의치 않았다. 그런 양가감정은 당연한 일이라고 여겼다. 나는 서른두 살까지의 누더기 같은 삶을 벗어던지고 완벽히 새로 태어나려고 하는 중이었으니까. 나비가 되기 위한 우화는 감당할 수 없는 고통과 인내를 수반하는 법이라고 생각했다.

무턱대고, 가 볼 수도 있는 거야.

——

출발선을 박차고 뛰쳐나간 나는 앞만 보고 내달릴 수밖에 없었다. 일사천리로 학교에 의원면직 신청을 했고 속세의 삶과 관련되어 있던 모든 것들을 하나하나 정리해 나갔다. 내 길을 막을 수 있는 것은 아무것도 없었다. 부모님도 친구도 나 자신조차도. 몸뚱이 하나만 남기고 생의 흔적들을 모두 지워 없애자 오히려 한없이 홀가분한 마음이 되었다. 어쩌면 가진 게 별로 없어서 내려놓기도 한결 쉬웠을지 모르겠다. 그때의 나는 '무턱대고' 폭주하는 굶주린 맹수였고, 뚜렷한 표적 없이 '무턱대고' 쏘아 올려진 화살이었다.

하지만 첫 단추를 잘못 끼운 일은 반드시 그 대가를 치르는 법이다. 삶은 그다지 많은 기회를 주지 않으며 세상은 생각처럼 호락호락하지도 않다. 돌이킬 수 없다는 말의 의미를 세상과 부딪히고 깨지면서 몸소 깨우칠 수밖에 없었다. 나에게 수도 성소가 있다고 믿었던 확신의 불길이 주변의 모든 것들을 활활 태워 버리고 난 후 잿더미 위에 서서 불현듯 깨달았다. 가슴속에 더는 아무런 열기도 남아 있지 않게 되었다는 것을. 사라진 불씨와 함께 완전히 텅 비어 버리고 말았다는 것을. 순간 그 자리에 털썩 주저앉았다. 수녀가 되지 못한 나는 신과 나 자신이 휘두르는 잔인한 회초리를 맞아 가며 '무턱대고'의 죗값을 치러야만 했다.

사람이 살면서 '무턱대고' 하는 일들이 과연 얼마나 있을까? 살고자 하는 마음이 큰 사람이라면 절대로 자기 인생을 그렇게 '무턱대고' 벼랑 끝으로 밀어내지는 않았을 것이다. 그때의 나는 내가 하는 모든 행동이 제대로 살기 위한 최선의 몸부림이라고 믿었지만 실은 죽기 위한 광기 가득한 도발에 지나지 않았던 거였다. 육신을 차마 죽이지 못했기에 육신 이외의 모든 것들을 말끔히 태워 없애 버리려 한 것이다. 그것은 기나긴 세월이 지난 후에야 조금씩 내 안에서 선명해진 깨달음이었다.

그런데 절대로 후회하지는 않았다. 오히려 그때의 '무턱대고'에 두고두고 감사하면서 살았다. '무턱대고' 한 질주를 통해 바라던 수녀가 되지는 못했지만, 적어도 '진짜 나'로 다시 태어날 수는 있었기 때문이다. 살다 보면 누구에게나 '무턱대고'인 순간들은 찾아올 것이다. 자신의 삶이 무언가를 향해 뚜렷한 이유도 없이 폭주하는 시기 말이다. 그게 어떤 모습으로 언제 어떻게 찾아올지는 아무도 모른다. 그것은 지금까지의 삶을 완전히 뒤집을 정도의 충격적인 '무턱대고'일 수도 있고, 소소한 변화를 가져오는 별거 아닌 '무턱대고'일 수도 있을 것이다. 하지만 어떤 경우라 해도 잘못이라고 생각하지는 않는다. 삶을 무책임하게 유기하는 것은 더 더욱 아니다. 지금 내 앞에 두 눈을 감고 '무턱대고' 덤벼들어야만 할 절박한 무언가가 있다면, 그것은 어쩌면 살아남기 위한 최선의 선택이자 삶의 마지막 보루일지도 모르는 거니까.

무턱대고, 가 볼 수도 있는 거야.
때때로 삶은 폭주한다. 살아남기 위해서

일단, 걸어 보는 거야

일단 • 우선 먼저
• 우선 잠깐
• 만일에 한번

걷기를 좋아한다. 이때의 '걷기'란 뚜렷한 목적지나 방향 없이 그냥 걷거나, 다른 교통수단이 있는데도 굳이 걷기를 선택하거나, 그야말로 걷기 자체가 목적인 경우를 모두 다 포함한다. 하지만 나는 나에게 감히 '걷는 사람'이라는 명칭을 붙일 수는 없다. 나의 걷기는 간헐적이고 불규칙적이며 다분히 내키는 대로이기 때문이다. '걷는 사람'에 대한 정의가 따로 있는 건 아니지만, 적어도 내가 '걷는 사람'이라고 불리기엔 한참 부족하다는 사실 정도는 안다.

하정우란 배우는 자신을 '걷는 사람'이라고 당당히 소개한다. 그가 쓴 책《걷는 사람, 하정우》를 보면서 정말이지 여러 번 입이 쩍 하고 벌어지는 순간들이 있었다. 그는 일상의 대부분을 걷기에 할애하고 걷기를 삶의 중심에 두었으며 하루라도 걷지 않으면 입안에 가시가 돋친다고 할 법한 사람이었기 때문이다. 오로지 걷기 위해 하와이에 가는 사람, 약속 장소까지 대부분 걸어서 이동하는 사람, 걷기 위해 먹고 먹기 위해 걷는 사람, 그냥 모든 게 다 '걷기'로 귀결되는 삶을 사는 사람, 그게 바로 걷는 사람

하정우였다. 그러니 근력도 체력도 부족하고 조금은 게으르기까지 한 나는 진짜 '걷는 사람'이 되지는 못할 듯하다. 다만 사방이 꽉 막힌 듯 답답하고 숨이 제대로 쉬어지지 않는 날이면, '일단' 걸어 보는 것이 도움이 되었다고는 말할 수 있겠다.

일단, 걸어 보는 거야.

—

걷기 전과 후에 세상이나 인생이 달라지는 건 하나도 없었다. 하지만 마음속 주름이 미묘하게 펴져 있거나 밀물과 썰물의 변화처럼 감정의 결이 방향을 바꾸었던 적은 많았다. 만 보니 오천 보니 하는 걸음 수가 중요한 것은 아니었다. 거리나 시간도 중요하지는 않았다. 그저 다리를 움직여 몸을 이끌고 집 밖으로 나가 보는 것 그리하여 익숙한 길이든 낯선 길이든 잠시라도 걸어 보는 것, 그것만으로도 사방으로 내달려 먼지처럼 흩어지려는 영혼을 잠시 내 안에 붙들어 두는 데 도움이 되더라는 것이다. 그래서 나는 마음이 뜬구름같이 부유하는 날이면 속으로 조용히 되뇌곤 한다.

'일단 걸어 보는 거야.'

돌이켜 보면 나의 '걷기'는 주로 인생의 방황기나 과도기와 관련이 있었다. 당시엔 의식하지 못했으나 마음이 고통스럽거나 힘겨울 때면 몸이 먼저 반응했던 것 같다. 지금이야 '걷기'가 정신적, 육체적으로 엄청난 효능과 장점이 있다는 게 밝혀졌지만, 옛날엔 그런 상관관계를 따지는 사람은 별로 없었다. 즉, 어쩔 수 없이 걷는 것이지 걷기 자체가 필요하다고 생각해서 걷는 사람은 거의 없었다는 뜻이다. 그런데도 유독 마음을 가누기 힘든 날이면 보약을 먹듯, 영양 주사를 맞듯 '일단' 걸었다. 그러고 나면 마법처럼 걱정은 단순해졌고 마음은 한결 가벼워졌다.

수도자의 삶으로 들어설 결심을 했을 때도 끝내 엎어져 생의 밑바닥까지 추락했을 때도 나는 걸었다. 사는 곳 주변이든 낯선 곳이든 가리지 않고 걸었다. 몸뚱이만 가지고 무작정 상경했을 때도 패잔병이 되어 서울을 등지고 떠났을 때도 나는 걸었다. 운명이 마치 길 위에 깔린 보도블록이라도 되는 것처럼 한 발 한 발 온 힘을 다해 발걸음을 내디뎠다. 걷다 보면 해야 할 일들이 조금은 선명해지는 것도 같았다. 걷고 싶은 마음이 비 내린 뒤 마른 땅을 뚫고 나오는 새싹들처럼 삐죽삐죽 올라온다는 건, 인생에서 아주 중대한 결정을 내려야 할 시기임을 알려 주는 방증이기도 했다. 그리고 걷기는 대체로 내게 답을 주었다.

그렇다고 평소에 노상 걷기만 하는 것은 아니다. 매일 만 보 걷기를 실천하고 있지도 않으며 날이 춥거나 더우면 온종일 집 밖으로 나가지 않기도 한다. 나는 걷기에 대하여 실로 아무런 계획이나 다짐도 없는 사람이다. 그저 마음이 이끄는 대로 무작정 따르는 것뿐이다. 그런데도 살다 보면 그런 순간은 꼭 찾아오곤 했다. '일단' 걸어 보고 싶은 마음이 봇물 터지듯 안에서부터 쏟아져 나오는 순간이.

'일단'이란 다른 것들을 제쳐 두고 '먼저, 우선'이라는 의미로 사용하는 부사이다. 내게는 '일단 걷는다'라는 표현이 무척이나 절실하게 와닿는다. 인생에서 걷기가 꼭 필요한 순간에는 아무런 생각 없이 '일단 걸어 보는 것', 그것이 삶의 고통을 견디거나 위기의 순간을 건너온 비결 중

하나였기 때문이다.

수녀가 되지 못한 절망감에 파묻혀 죄인처럼 하루하루 연명하던 때였다. 영혼이 진창을 허우적거리던 밤, 죽음이 아주 가까이 다가와 있다고 느꼈다. 지척으로 손만 내밀면 모든 걸 끝낼 수도 있다는 위험한 생각이 엄습했다. 하지만 죽음에 대한 실제적인 두려움은 숨 막힐 정도로 압도적이어서 감히 시도조차 하기 어려웠다. 나의 영혼이 나의 주검을 차갑게 바라보고 있는 듯한 환영에 시달리면서 뜬눈으로 밤을 지새웠다. 동틀 무렵이 되자 창가로 스며든 햇살에 몸서리가 쳐졌다. 또다시 살아 있음의 무게를 고통스럽게 받아들일 수밖에 없었다. 그날 나는 비루하기 짝이 없는 생에 대한 거부할 수 없는 욕망을 느끼며 밥을 짓고 국을 끓여 아침을 차려 먹었다. 배를 채우고는 무작정 거리로 나섰다. 아무 버스에나 올라탔고 목적지 없이 내려서 걷기만 했다.

그 길의 끝자락에서 아주 작은 절 하나를 발견했다. 아무도 찾아오는 이 없을 것 같은 작고 허름한 곳이었다. 텁텁한 초여름의 열기 속에서 늙은 고양이처럼 주변을 빙글빙글 배회했다. 길목을 에워싸고 있는 들꽃들을 바라보았고 가만가만 내딛는 느린 발걸음을 응시하기도 했다. 그렇게 한참을 머물다가 해가 저물자 다시 버스를 타고 지하철을 타고 내가 살던 원룸으로 되돌아갔다. 한없이 시시하고 아무것도 아닌 하루 동안의 외출이었다. 하지만 암흑 속에 삼켜질 듯 공구했던 밤과 백지처럼 허허했던 낮을 보낸, 그날 이후로 다시는 죽어야겠다는 생각을 하진 않았다. 아무렇게나 걷다 보니 뜻하지 않은 곳에 도달했듯이, 아무렇게라도 살다 보면 어딘가에 도달하지 않겠느냐는 배짱이 난생처음 생겼던 건지도 모르겠다.

어둠이 눈앞을 가려 무엇을 해야 할지 막막하고 두렵기만 한 날에는 '일단' 걸어 보라고 권하고 싶다. 익숙한 곳이든 낯선 곳이든 상관하지 말고 십 분이든 한 시간이든 따지지 말고 그냥 몸을 일으켜 자신에게 가장 쉬운 한 걸음만이라도 '일단' 떼어 보라고. 그날 걷다가 보거나 듣거나 느낀 무언가가, 아주 사소하고도 시시한 무언가가 당신을 다시 일어나 살게 할지도 모르는 일이니까.

일단, 걸어 보는 거야.
그러니까 '일단' 살아 보는 거야.

지금, 이 순간을 살아라

지금 •말하는 바로 이때에

이십 년 가까이 마음속에 품어 온 말, '지금 이 순간을 살아라.' 끝도 없는 어둠 속에 침잠하여 목줄에 묶인 개처럼 끌려다니듯 살던 젊은 시절, 서점 매대에 쌓여 있던 에크하르트 톨레의《지금 이 순간을 살아라》를 만났다. 비좁은 서점 한구석에서 호기심과 의심이 뒤엉킨 눈으로 낯선 책 한 권을 들고 서 있던 내 모습은 지금도 생생하다. 그때 책을 읽으면서 느꼈던 신선한 충격과 놀라운 감동은 말로 다할 수 없을 정도였다. 불치병에 걸린 환자가 획기적인 신약이라도 만난 것처럼 책 속의 한 글자 한 글자를 꼭꼭 씹어서 삼키고 또 삼켰다. 책에서 얻은 깨달음 덕분인지 무겁게 가라앉아 있던 나의 내면은 어둠을 휘발시키고 한결 가벼워질 수 있었다. 참으로 신기하고도 놀라운 경험이었다.

하지만 깨달음의 시간은 그리 오래가지 않았다. 답습하듯 원래의 무의식적인 상태로 돌아갔고 고통과 불행을 나라는 존재와 동일시하는 실수를 저질렀다. 그럴 때마다 이 책을 다시 찾아 읽으며 나라는 존재가 품고 있는 근원의 빛을 잃지 않으려 노력했다. 과거나 미래의 수렁에 빠져

들어 허우적거리고 있는 나를 어떻게든 '지금 여기'로 끌어내기 위해 발버둥 쳤다. 걷잡을 수 없는 불안이나 우울, 슬픔 같은 것들이 마음을 장악하고 더 나아가 삶까지 야금야금 침범해 가고 있을 때, '지금 이 순간을 살아라.'라는 말은 마법의 주문처럼 넘어지려던 나를 붙들어 주었고 나락으로 떨어지지 않게 뒷덜미를 잡아 주었다. 그렇게 위태로운 순간에도 삶이 망해 버리지는 않도록 지탱해 준 말이 바로 '지금 이 순간을 살아라.'였다.

지금, 이 순간을 살아라.

—

요즘 나는 또다시 존재가 닿아 있는 '지금 여기'에 머물지 못하고, 수시로 먼 과거에서부터 미래까지를 정처 없이 배회하기 시작했다. 과거의 슬픔이나 원망, 죄의식이 지금의 나를 괴롭히고, 미래에도 이러한 고통이 끊임없이 계속되리라는 두려움에 잠식해 가기 시작한 것이다. 어느새 '지금 여기'를 서서히 잃어버리고 있던 것이다. 내 존재가 위기를 감지한 탓일까? 자석에 이끌리듯 책장 앞으로 다가갔고 《지금 이 순간을 살아라》를 다시 꺼내 들었다. 그리고 눈밭 위에 첫 발자국을 내딛는 심정으로 한 글자 한 글자 꾹꾹 눌러 가며 읽었다. 마지막 책장을 덮고 난 후에야 비로소 반성문이기도 다짐문이기도 한 이 글을 쓰기 시작할 수 있었다.

나는 평소에 많은 사람을 만나지 않으며 신세 한탄을 여러 사람에게 늘어놓지도 않는 편이다. 하지만 어느 순간 주저리주저리 고통의 파편들을 마구 뱉어 낼 때가 있는데, 그러고 나면 스스로 비참하고 부끄러워져서 한동안 몸 둘 바를 모르게 된다. 수치스러움의 이유는 나 자신을 철저히 희생자로 만들어 놓고 연민하고 있었다는 사실을 깨닫게 되기 때문이다. 나의 고통은 실재했고 희생했던 것도 일정 부분 맞다. 하지만 과거에서 벗어나지 못한 채 희생자 코스프레만을 반복하며 살아가고 싶지는 않다. 문제는 오래된 마음의 습관이 좀처럼 바뀌지 않는다는 데에 있다. 고통과 불행 속에 던져진 삶만이 내게 주어진 운명이라는 착각에서 벗어나지를 못한다는 말이다.

평생 내 뒤를 따라다닌 고통은 가장 사랑받아야 할 존재로부터 사랑받지 못했다는 절망감이었다. 누군가는 반백이 다 되어 가는 나이에 아직도 부모를 원망하냐며 비웃을지도 모르겠다. 하지만 겉으로 보기엔 전혀 다른 상황이나 조건에 놓여 괴로웠을 때에도 그 이면을 파고들어 가다 보면 결국 다다르는 종착지에는 '사랑받지 못했다'라는 절망감과 '사랑받지 못할 것이다'라는 두려움이 숨어 있었다. 그것은 살아온 삶의 길이와 상관없이 심연 저 깊숙한 곳에 빠지지 않는 가시가 되어 박혀 있었다. 모든 걸 초월한 듯 태연하게 굴기도 했고, 반대로 고통이 나에게 주어진 십자가라도 되는 양 치를 떨며 거부하기도 했었다. 그렇게 양극단을 오가는 변덕스러운 마음을 등에 짊어진 채로 두 발이 푹푹 빠져 가면서 생의 길을 힘겹게 걸어온 것이다.

하지만 스스로 비극의 주인공이 되기를 자처하면서 동시에 고통에서 벗어나지 못해 안달복달하다니 이 얼마나 어리석은 일인가? 에크하르트 톨레는 시시포스의 형벌같이 무한히 반복되는 비극의 드라마를 그만 멈추라고 조언한다. 고통에 대해 더는 저항하지도 부정하지도 않은 채 있는 그대로 받아들이면서 고통을 느끼는 나와 나라는 존체 자체를 분리해 바라보라는 것이다. 그것만이 진정한 '내맡김'이고 내면의 평화를 향해 나아가는 방법이며 '지금 여기'로 나라는 존재를 데려올 수 있는 지름길이라고 말이다.

사랑받고 싶다는 기대, 아니 사랑받아야 한다는 욕심이 불행의 씨앗임을 인정한다. 그것은 부모로부터 시작해 인간관계 전반으로 퍼져 나갔고 매번 나를 비슷한 서사에 말려들게 했다. 그래서 이 책을 읽을 때마다 매번 자각하고 반성하고 다짐해 왔다. 온전한 나로 '지금 여기'에 있으려면 현재의 모든 상황과 감정에 나 자신을 저항 없이 내맡기고 쓸데없는 감정의 동요 없이 해야 할 일들을 묵묵히 해 나가야 한다. 현실을 바꿔야 한다면 지금까지와는 전혀 다른 행동을 시도해 볼 수도 있을 것이다. 하지만 도저히 바꾸기 힘들다면 있는 그대로 나를 내맡기는 게 필요하다. 핵심은 마음속에서 일어나는 온갖 잡음들에 매몰되지 않으면서 나란 존재를 에고의 요란한 쇼에 휘말리지 않도록 지켜 나가는 것이다.

행복하고 싶은 마음에서 오는 불행이 생각보다 크다. 하지만 인생의 행불행은 수시로 왔다 갔다 하는 상태일 뿐 고정불변한 것은 아니다. 지금 아무리 행복하지 않더라도 내면이 평화로울 수는 있다. 그러기 위해서는 기쁨이나 슬픔, 환희나 허무가 가만히 나를 통과해 가도록 내버려두어야 한다. 그것이 진정한 내맡김이며 지금 이 순간을 살아가는 방법이다. 과거의 망령에 진저리 치며 도망 다니지도 말고 미래의 허상을 숨가쁘게 좇지도 않으면서 '지금 여기'에서 살아 숨 쉬는 것이다. 그럴 수만 있다면 진정한 평화와 고요 속에 현존할 수 있다.

여름이 조용히 이울고 가을이 지척에서 성큼 다가오고 있는 때이다. 공기의 무게가 한결 가벼워지고, 밤이면 어디선가 불어오는 찬기를 머금은 바람이 서늘하게 뺨을 스치기도 한다. 지독했던 지난여름의 열기와 함께 나 아닌 나의 마음들은 바람결에 멀리 날려 보내고 '지금' 여기에서 온전한 나로 다시 돌아와 새로운 계절을 맞이할 수 있기를.

지금, 이 순간을 살아라.
온전히 나를 내맡기고 '지금' 여기에 존재하라.

유난히, 따뜻했던 그날들

유난히 • 언행이나 상태가 보통과 아주 다르게. 또는 언행이 두드러지게 남과 달라 예측할 수 없게

그런 날들이 있다. '유난히' 그리워지고 떠올리면 명치끝까지 뻐근하게 아려 오는 그런 사람, 그런 날들이 있다. 심장 가득 뜨거운 눈물부터 차오르는 유난히 따뜻했던 날들이 있다. 다시는 돌아갈 수 없고 영원히 되돌릴 수도 없는, 시간의 단층 너머로 희미하게 사라져 버린 날들, 그래서 '유난히' 나를 흔들어 깨우는 깊은 기억들이 있다.

유난히, 따뜻했던 그날들

——

유년 시절, 나는 '버려진 아이'라는 정체성을 온몸에 휘감고 살았다. 실제로 버려진 적도 없으면서 까닭 모를 외로움과 슬픔, 두려움이 언제나 넘칠 듯 출렁거렸다. 그때는 나의 우주가 얼마나 병들어 있는지 알지 못했다. 그저 어디에도 온전히 녹아들지 못한 채 모래처럼 서걱거리기만 하는 내 존재가 불편하고 거추장스럽게 느껴질 뿐이었다. 나는 아주 작은 방에 자신을 가두어 두었고 그 안에 있는 스피커에서는 쉬지 않고 같

은 말이 울려 퍼졌다.

'혼자일 거야. 너는 영원히.'

부모님의 불화, 동생의 죽음, 엄마의 가출, 아빠의 폭력, 가난과 외로움이 만들어 낸 일그러진 우주 속에서 나는 〈눈의 여왕〉이란 동화 속 주인공 카이와 닮아 갔다. 거울 조각이 눈과 심장에 박힌 채로 차갑게 얼어붙어 버린 것이다. 하지만 춥고 시린 날들 가운데에도 가슴에 박힌 거울 파편을 한순간에 녹아내리게 하는 '유난히, 따뜻했던 날들'은 존재했다. 간헐적이지만 강렬했던 그날의 추억들이 나를 살게 했고 가슴에 박힌 거울 조각을 스스로 뽑아낼 힘도 기르게 했다.

목수였던 아빠는 나무만 있으면 무엇이든지 뚝딱 만들어 낼 수 있었다. 종종 나무를 깎아 작고 귀여운 것들을 만들어 주기도 했는데 그것은 세상에서 단 하나뿐인 나만의 장난감이 되었다. 아빠의 손은 언제나 시커멓게 멍이 들어 있었고 손가락 끝은 개구리 발처럼 울퉁불퉁 보기 싫게 부풀어 있곤 했다. 큼직하고 투박한 손은 무척이나 거칠었지만 때로는 유난히 따뜻하고 섬세하기도 했다. 단발머리에 촌스러운 머리핀을 꽂고 있는 나와 시커멓게 탄 얼굴에 허름한 티셔츠를 걸친 아빠가 나란히 마루에 걸터앉아 있는 빛바랜 사진 속에 '유난히' 따뜻했던 아빠의 미소가 박제되어 있다.

중학생 때였다. 더러운 작업복 차림의 아빠가 자전거를 끌고 학교 앞으로 나를 데리러 온 적이 있었다. 아빠의 추레한 모습을 발견하고는 얼굴이 새빨개져서 친구들이 볼세라 허겁지겁 교문 밖으로 달려 나갔다. 나를 반기는 아빠에게 학교에 왜 왔냐며 핀잔 섞인 말도 했던 것 같다.

아빠의 자전거에 타고 집으로 돌아가면서 축축하고 냄새나는 등에 몸을 기댔다. 그날따라 '유난히' 따뜻했던 아빠의 등 뒤에서 나는 남몰래 부끄러운 눈물을 흘렸다.

집을 나간 엄마가 다시는 돌아오지 않을지도 모른다고 생각했다. 그리움은 원망이 되고 어느새 분노가 되었다. 마음의 풍랑이 거세게 휘몰아친 후 죽음과도 같은 정적이 집안을 감돌던 어느 날 느닷없이 엄마가 돌아왔다. 나는 화를 낼 수도 반가워할 수도 없었다. 초췌해진 엄마의 야윈 얼굴을 보면서 그저 안도했을 뿐이었다. 엄마가 한없이 미웠지만 나를 진짜로 버리지는 않아서 다행이라고도 생각했다. 엄마가 돌아오던 날은 방 안으로 한기가 매섭게 몰아치던 겨울의 한가운데였다. 하지만 가슴속에는 얼어붙은 심장을 단번에 녹일 만큼 '유난히' 따뜻한 온기가 스며들었다.

늘 혼자였던 나를 살뜰히 챙겨 주고 보살펴 주던 사람이 있었다. 나랑 이름도 비슷해서 친오빠 같았던 문간방 대학생. 어릴 때 나무에서 떨어져 한쪽 다리를 평생 절게 되었다는 안쓰러운 그는 온종일 내가 껌딱지처럼 붙어 있어도 귀찮다 내치지 않고 한결같이 웃어 주던 사람이었다. 그에게 나는 귀여운 여동생일 뿐이었지만, 나에게 그는 키다리 아저씨 같기도 첫사랑 같기도 한 애틋한 사람이었다. 그와 처음 만났을 때 초등학생이었던 내가 대학생이 될 때까지도 우리는 다정한 인연을 이어 갔다. 하지만 어느 따사로운 봄날, 그는 자신의 아내가 될 여자를 소개해 주었다. 그를 닮아 선한 눈빛과 맑은 미소를 지닌 고운 여자였다. 그녀의 얼굴을 보는 순간, 내 안에 남아 있던 그에 대한 작은 미련과 아쉬움마저 말끔히 날아가 버렸다. 마음속으로 두 사람의 행복을 빌며 돌아서던 그날에도 햇

살은 '유난히' 따사롭게 쏟아지고 있었다.

삶의 여기저기를 고운 조각보처럼 덧대어 수놓은 '유난히' 따뜻했던 그날들, 그 모든 날들이 카이의 가슴에 박힌 거울 파편을 조금씩 녹여 내는 게르다의 눈물이 되어 주었다. 봄의 씨앗을 품고 있는 따뜻한 날들 덕분에 시린 겨울의 시간도 무사히 건너올 수 있었다. 그러니 내가 정말로 혼자인 적은 단 한 번도 없었던 거였다.

누구의 가슴 안에나 있는
유난히, 따뜻했던 그날들

이토록, 아름다운 삶이

이토록 • 이러한 정도로까지

'이토록'은 뒤에 어떤 말이 나오든 그 상태가 아주 놀라울 정도로 강하거나 정도가 심하다는 것을 강조할 때 쓰는 부사이다. 나는 이토록 뒤에 처음부터 '아름다운'이라는 형용사를 붙여 놓고 이런저런 생각의 실타래를 풀어 나가기로 한다. 언어는 곧 삶이다. 머릿속의 생각도 언어이고 입 밖으로 흘러나오는 생각도 언어이다. 우리가 어떤 생각을 하고 어떤 말을 하느냐에 따라 삶은 자연스럽게 언어가 직조해 놓은 결을 따라 흘러간다. 그러니 '이토록' 뒤에 '아름다운' 같은 단어를 붙여 두고 생각하지 않을 이유가 없는 것이다. 나는 어디까지나 삶을 긍정하기 위해 글을 쓰고 있기 때문이다.

〈Never let me go〉는 인간에게 장기를 이식해 주기 위한 목적으로 만들어 낸 복제 인간들의 삶과 사랑 그리고 예정된 죽음을 그린, 다소 충격적이지만 언젠가 일어날 법도 한 가상의 이야기를 담고 있는 영화이다. 젊고 건강하고 아름다운 이십 대에 반복되는 장기 적출로 생을 마감해야 하는 복제 인간들의 삶은 참으로 비통했다. 그런데 복제 인간들 사이에서는 이상한 소문 하나가 돌고 있었다. 진실한 사랑을 증명할 수 있는 커플에겐 장기 적출의 시간을 다만 몇 년이라도 유보해 주고 둘이 함께 지낼 수 있도록 기회를 준다는 것이었다. 얼토당토않은 이야기 같건만 복제 인간들은 그 소문을 진실로 믿었고 삶을 연장할 수 있는 유일한 희망으로 여겼다. 하지만 아무에게도 그런 일은 일어난 적이 없었다. 그 소문은 복제 인간들의 삶에 대한 간절한 열망이 빚어낸 망상일 뿐이었다. 누구나 예외 없이 정해진 때에 죽음을 맞아야 했고 주인공들 역시 마찬가지였다. 사랑하는 연인이 마지막 장기 적출로 숨을 거둔 후, 홀로 남겨진 여주인공이 쓸쓸한 독백을 하면서 영화는 막을 내렸다.

"누구도 삶이 충분하다고 생각하지 않을 것이다."

이토록, 아름다운 삶이

——

생명을 가지고 태어난 이상 죽음 앞에서 삶이 충분하다고 생각하는 경우는 거의 없을 것이다. 인간이든 동물이든 스스로 살아 있음을 인지하는 모든 생명체에게 죽음은 절대로 당연하지 않으며 삶은 여전히 충분하지 않다. 충분히 살았다고 평가하는 건 어디까지나 타인의 시선과 판단일 뿐이다. 종종 연세 많으신 어르신들의 죽음을 두고 '호상好喪'이라고 말할 때가 있다. 죽음이 좋은 일이라고 말하는 까닭은 고인은 이미 살 만큼 살았고 그다지 고통스럽지 않게 죽음을 맞았다고 여기기 때문일 것이다. 하지만 정작 당사자도 그렇게 생각했을까? 백 세가 넘은 노인에게도 죽음은 마지못해 받아들여야만 하는 것일지도 모른다. 아파서 죽든 노화로 죽든 불의의 사고로 죽든 세상에 충분하다고 느끼는 삶은 존재하지 않을 테니까.

일부 깨달음을 얻었거나 정신적으로 고매한 경지에 이른 이들은 죽음 앞에서 아주 의연하기도 하다. 자신의 삶이 충분했다고 자족하면서 평온하게 눈을 감기도 할 것이다. 또 독실한 신앙인 중에는 육신을 버리고 신의 곁으로 가는 걸 축복이라 여겨 기쁘게 죽음을 맞이하는 수도 있다. 하지만 그런 일부의 경우를 제외하고는 대부분의 평범한 사람들에게 죽음은 피하고 싶은 두려운 일이고 삶은 언제나 아깝고 충분하지 않다. 겉으로 죽음에 담담해 보이는 사람일지라도 스스로 충분히 살았다고 만족해서라기보다 죽을 수밖에 없는 운명임을 자각했기에 저항하지 않고 순순히 받아들이고 있는 것일 가능성이 크다.

인간은 오래 살고 싶은 열망 때문에 복제 장기를 만들어 내는 데 도전하고 있다. 만약 성공한다면 머지않아 복제 장기로 새 생명을 얻는 사람들도 생겨날 것이다. 그렇다면 영화 속 이야기가 아주 허황된 것만도 아니다. 돈으로 뭐든지 할 수 있는 사람 중엔 자기와 똑같은 유전자로 만들어진 복제 인간에게서 젊고 건강한 장기만 가져다 몸에 이식하면서 무한히 죽지 않고 살려고 발악하는 이도 있을 것이다. 우리가 죽음을 받아들이는 건 이미 내 육신이 손쓸 수 없을 정도로 망가져 버렸다는 걸 알기 때문이다. 만약 육신이 멀쩡하다면 누가 죽음을 쉽게 받아들이려 하겠는가? 육체의 노화를 무기한으로 연기할 수 있는 세상이 온다면 인간의 삶도 끔찍하게 길어질 게 분명하다. 그리고 모든 사람이 똑같이 탄식할지도 모르겠다. 자신의 삶은 아직도 충분하지 않다고.

그런 날이 온다면 삶이 '이토록' 아름다울 수 있을까? 삶이 아름답다고 느끼는 이유는 당연하게도 유한하기 때문이다. 한정된 시간 속에서 소멸해 갈 육신이기에 더없이 애틋하고 소중한 것이다. 죽음은 필연이기에 삶이 '이토록' 아까운 것이다. 오십이 가까운 내게도 팔십이 가까운 엄마에게도 삶은 여전히 충분하지 않고 그래서 눈물 나게 아름답다. 언제 나에게 죽음이 찾아올지 알 수 없지만 지금 이 순간이 '이토록' 아름다울 수밖에 없는 까닭은, 오직 내가 지금 살아 있기 때문이고 동시에 언젠가는 반드시 죽기로 예정되어 있기 때문이다.

사는 동안 우리는 아무런 의미조차 없어 보이는 고통에 시달릴 때가 많다. 그런데도 살아 있는 이 순간들은 찬란하게 빛난다. 나는 끊임없이 새로 태어나고 눈 깜짝할 사이에 사라져 버리는 생의 아름다운 순간들 앞에서 오늘도 무릎을 꿇고 기도한다.

'모든 이의 삶을 차별 없이 더 사랑하게 해 주세요.'

수술실에 들어간 엄마를 기다리면서 누구에게나 삶은 충분하지 않다는 사실을 다시 한번 되새긴다. 충분하지 않기에 '이토록' 아름다운 것이고 '이토록' 사랑하는 것이라고.

이토록, 아름다운 삶이
충분하지 않기에 더 사랑해야만 한다.

때때로 나의 그림자가 어둠 속에 파묻혀
어디로 갔는지 보이지 않을 때도 있다.
세상은 온통 암흑뿐이고 고독은 뼈에 사무친다.
나를 잃어버렸을 때이다.
나는 나를 되찾기 위해 안간힘을 다하며 몸부림을 친다.
우리는 본능적으로 아는 것 같다.
보이지 않아도 내 안 어딘가에 내가 유배당해 떨고 있다는 것을.

3장

나를
찾아가는
나날들

가끔, 나는 다른 사람이 된다

가끔 • 시간적·공간적 간격이 얼마쯤씩 있게

'가끔'은 답답하고 천편일률적인 일상의 벽에 뚫어 놓은 작은 숨구멍 같다. '가끔'이 없다면 삶은 얼마나 단조롭고 지루할까? 어린 시절, 초등학교 운동장 둘레의 작은 담이 생각난다. 허름하고 낮은 담이 참으로 높고 단단하게만 보였다. 친구들과 같이 담을 따라 걷다 보면, '가끔' 작은 구멍 하나가 뚫려 있곤 했다. 어떻게 해서 생긴 것인지 알 수 없는 그 구멍으로 학교 밖을 내다보면서 마냥 신기해서 호들갑을 떨었다. 재빨리 학교 밖으로 달려 나가 같은 구멍을 찾아 학교 안을 들여다보기도 했다. 구멍에 번갈아 가며 눈을 대고 손가락을 넣기도 하면서 까르르까르르 웃어 댔다. 담 이쪽과 저쪽을 연결해 주는 작은 구멍에서 우리는 알 수 없는 설렘과 흥분을 느꼈다.

사람들은 가끔 산에 오르거나 영화를 보거나 여행을 하면서 어제와 같은 오늘에 작지만 흥미로운 구멍을 내며 산다. 나는 정적이고 규칙적인 사람이라 회사를 가든 집에 있든 나만의 일과대로 하루를 빈틈없이 채우는 편이다. 그리고 그 안에서 작은 평화와 안정을 느낀다. 가까운 카페나

도서관에 들르고 가볍게 산책을 하는 것만으로도 충분히 삶을 환기할 수 있다. 파격적이거나 역동적인 변화가 없어도 그다지 지루하다고 느끼지 않는다. 하지만 그런 내가 완전히 달라질 때가 있다.

가끔, 나는 다른 사람이 된다.

——

언젠가 인생을 돌아보면서 나 자신을 '지킬 앤드 하이드'에 비유하는 글을 쓴 적이 있었다. 나는 '극단적'이란 단어와는 거리가 멀고 오히려 내성적이고 소심해 보이기까지 한다. 신중하며 조심성이 많고 내적 갈등이 심해 어떤 행동을 아주 오랫동안 주저하기만 할 때도 있다. 그런데 '가끔' 완전히 다른 사람이 되어, 주변 사람들을 깜짝 놀라게 하는 순간들이 있다. 그것은 변화와 발전을 위한 도발처럼 보일 때도 있고 단순한 일탈이나 타락으로 보일 때도 있다. 하지만 모든 변화와 발전은 얼핏 보면 일탈이나 타락으로 비칠 가능성이 있고 현재의 일탈이나 타락이 어떤 면에서는 변화와 발전으로 가는 과정이 되기도 하니 그 구분은 모호한 것이다.

다만 인생의 굵직굵직한 변화는 매일매일의 단조로운 일상에 의해서가 아니라, '가끔' 일어나는 충동이나 격동으로 결정되는 경우가 더 많다. 반복적이고 단순한 일상은 삶의 견고한 밑바탕이자 토대가 되어 준다. 하지만 죽을 때까지 아무런 변화 없이 똑같은 일상만 반복한다면 삶에서 어떤 의미나 보람을 찾기는 어려울 것이다. 그래서 누구나 생각지도 못했던 일을 '가끔' 꿈꾸고 도발하게 된다. 잘살고 있음을 증명하거나 혹은 잘살아 보고 싶은 욕망을 채우기 위해서 말이다. 나 역시 '가끔' 다른 사람이 되었던 변화를 통해서 인생의 줄기와 가지를 여러 갈래로 뻗어 올 수 있었다.

어린 시절은 환경에 예속되어 나의 의지로 무언가를 바꾸기는 어려웠다. 대학에 가기 어려운 형편임을 알았기에 우리나라에서 제일 돈이 안 든다는 특수목적국립대학을 선택했다. 교사가 된 것도 돈을 벌어 부모님을 부양하기 위해서였다. 내 힘으로 바꿀 수 없는 것들에 매달리지 않았고, 주어진 조건 속에서 가만히 참고 견디는 법만 익혔다. 그런데 서른 살이 넘어가자 내 안에 숨어 있던 또 다른 내가 갑자기 고개를 쳐들고 묻기 시작했다.

'이게 진짜 너야? 이렇게 사는 것만이 최선인 거야?'

차마 대답할 수 없는 잔인한 질문을 던져 대는 '낯선 나'의 등장 앞에서 한없이 작아질 수밖에 없었다. 내 인생에 '가끔'의 도발이 처음으로 일어나기 시작한 순간이었다. 결국, 또 다른 내가 학교에 사표를 던지게 했고 제 발로 수녀원에 걸어 들어가게 했다. 그때의 나는 분명 삼십여 년 동안 알고 있던 내가 아니었다. 낯설었지만 반가웠고 두려웠지만 사랑스럽기도 했다. 솔직히 그런 내가 싫지만은 않았다.

이후로 단조로운 일상에 파묻혀 살다가도 '가끔' 튀어나오는 도전적인 내가 인생의 방향을 한꺼번에 뒤집어 버리는 일들을 수차례 반복해 왔다. 사실 지금 이렇게 글을 쓰고 있는 것도 두 번째 공무원이 되어 안정적인 삶을 영위하던 내게 '가끔' 나타나는 또 다른 내가 옆구리를 찌르며 등을 떠밀었기 때문이다. 나는 입고 있던 옷을 모두 벗어 던지고 미지의 세계로 뛰쳐나가는 일에 어느새 익숙해져 버린 것이다.

하지만 지나간 날들에 대한 후회는 없다. 앞으로의 결정이나 다가올 변화에 대해서도 후회할 생각은 없다. 정도의 차이만 있을 뿐 누구나 '가끔' 일어났던 마음의 파동으로 인해 인생이 놀라울 정도로 변한 경험은 있을 것이기 때문이다. 강렬한 욕망이나 결연한 의지가 가슴을 뜨겁게 달구었던 순간 말이다. 그리고 아무리 두려워도 거부할 수 없었던 강력한 끌림도 느껴 보았을 것이다. 인생의 방향을 틀어 버리는 묵직한 도발이 아니더라도 누구나 '가끔' 안 하던 일을 하면서 살아갈 수밖에 없다. 그래야만 숨통이 트이고 숨을 쉴 수가 있기 때문이다. 늘 어제와 같은 오늘만 살아야 한다면 권태와 무료에 질식해 버리고 말 것이다. 무엇보다도 인생의 허무를 감당할 길이 없지 않겠는가? 그러니 '가끔'은 인생에 꼭 필요한 숨구멍이자 변화의 불을 지피는 귀한 불씨와도 같은 것이다.

가끔, 나는 다른 사람이 된다.
가끔, 나는 진짜 내가 된다.

도저히, 못 견디지 않을까?

도저히 • 아무리 하여도

"다시 시작한다는 게 현명한 일일까요?"

"현실적으로는 현명하지 않을 수도 있겠지요. 게다가 쉬운 일도 아니라고 생각합니다."

"지금까지 몇 번이나 방향을 틀었던 건가요?"

"대학을 졸업한 후 칠 년 넘게 국어 교사를 했어요. 나에게 맞지 않는 옷을 입은 듯 숨이 막혔죠. 학교를 그만둔 후 꿈꾸던 수녀원에 갔지만, 수녀가 되지는 못했습니다. 원점으로 되돌아간 저는 여러 출판사를 전전하며 편집자로 일했습니다. 그러다 직업상담사가 되어 학교에서 아이들과 다시 만나기도 했지요. 마흔 즈음에 두 번째 공무원이 되면서 또 다른 삶에 발을 들여놓았어요. 살면서 꽤 여러 번 방향을 틀었던 거지요. 하지만 아직도 방황은 끝나지 않았나 봅니다. 이제는 소설가가 되어 새로운 삶을 찾아가고 있으니까요."

"그렇게 방황하는 게 두렵지는 않았나요?"

"내가 이루어 놓은 것, 가지고 있는 것들을 버리고 빈손으로 되돌아간다는 건 매번 두려운 일이었습니다. 하지만 다른 길이 눈에 들어오기 시작하면 그 유혹을 '도저히' 떨쳐 버리기는 힘들더군요."

"그럼 이번에도 새로운 길로 갈 건가요?"

"도저히, 못 견디지 않을까요?"

——

살다 보면 '도저히' 참지 못하는 일들이 생긴다. 먹지 않으면 못 참겠고 보지 않으면 안 되겠고 하지 않으면 견딜 수 없는 그런 것들 말이다. 그런 일들 앞에서 주로 어떤 선택을 하며 살아왔던가? 반복되는 선택의 연속으로 이루어진 지금의 나를 본다. 아주 만족스럽지는 않더라도 내가 선택한 직업, 붙잡은 인연, 만들어 온 몸, 그리고 그 밖의 많은 '도저히'들이 일궈 낸 지금의 모습을 담담히 받아들이고 있다.

대학교를 졸업할 때, 자취방 한가운데 몇 꾸러미 안 되는 짐을 쌓아 놓고 밤새도록 고민했다. 날이 새면 부모님이 있는 집으로 돌아갈 예정이었다. 임용시험을 보고 교사가 되는 눈에 훤히 보이는 미래가 앞에 놓여 있었다. 하지만 나는 그 길이 '도저히' 내 것 같지 않았고 내키지도 않았다. 그렇다고 부모님의 바람을 외면해 버릴 수도 없었다. 내면에서 소용돌이치는 모든 혼란을 책임감이라는 돌멩이로 무겁게 눌러 놓고는 집으로 돌아갔다. 그리고 정해진 운명인 듯 교사가 되어 부모님을 부양하며 살았다.

하지만 처음부터 내 길이 아니었기 때문이었을까? 걷다 보면 조금씩 나아질 줄 알았던 그 길은 아무리 시간이 지나도 익숙해지지 않았고 가면

갈수록 낯설고 험하기만 했다. 잘못 들어선 길이란 느낌을 '도저히' 지울 수가 없었다. 결국, 칠 년여의 교사 생활을 정리하면서 나는 삶을 되찾아야겠다는 결심을 굳혔다. 한 번 굳어진 마음은 '도저히' 꺾을 수가 없었다. 그때부터였다. 앞도 뒤도 보지 않고 내달리기 시작했다. 시커먼 모래바람이 부는 광야 위에 서 있는 듯 황량하고 막막할 때도 많았지만 이미 시작된 달리기를 멈출 수는 없었다. 주먹을 불끈 쥐고 두 눈을 질끈 감은 채 나의 길을 찾아다녔다. 수녀가 되지 못했을 땐 신에게조차 버림받았다는 절망감에 무너지기도 했지만, 이내 다시 일어나 달렸다. 절대로 뒤를 돌아보지는 않았다. 나의 떠남에는 '도저히'의 마음이 깔려 있었기에 언제나 절박하고 다급했다.

신춘문예 당선 인터뷰에서 이렇게 말했다.

"내가 나를 사랑하고 치유할 수 있는 소설 창작이야말로 그간의 어지러운 혼돈에 종지부를 찍어 줄 열쇠라는 생각이 듭니다. 이젠 현실에서의 방황을 멈추고 남은 생을 소설과 함께 한 방향을 바라보며 살아가고 싶습니다."

쓰지 않고는 도저히 참을 수 없어서 쓰기 시작했다. 나는 지금도 '도저히'가 이끄는 방향으로 나아가는 중인 것이다. 사람들은 이렇게 방황만 하는 나를 이해하지 못할지도 모르겠다. 한자리에서 묵묵히 참을 수 없는 것들을 견뎌 내야 성공적인 삶을 살 수 있다며 답답해하는 이들도 있을 것이다. 실제로 나는 주변 사람들의 의혹 어린 시선과 질타를 받곤 했다. 왜 그 좋은 교사를 그만뒀어? 왜 수녀가 되지 못한 거야? 왜 잘나가던 출판사를 나왔어? 공무원을 그만두고 작가의 길을 걷겠다고 하면 나를 아는 사람들은 또 뒤에서 수군거릴 것이다. 왜 안정적인 직장을 버려?

그런데 내겐 '도저히' 견딜 수 없는 것이 하나 있다. 그것은 참나를 찾아가는 여정을 멈추는 일이다. 그러니 나 같은 사람은 죽을 때까지 떠돎을 멈추지 못할지도 모르겠다. 나의 정체성을 찾아가고자 하는 갈망을 '도저히' 참지 못하기 때문이다. 니체는 '춤추는 별 하나를 탄생시키기 위해서 사람은 자신 속에 혼돈을 지니고 있어야 한다.'라고 하였다. 영원히 참나를 찾지 못한 채 방황만 하다 생이 끝나 버릴 수도 있다. 하지만 '도저히'가 이끄는 곳에 진실의 상자를 여는 열쇠가 숨겨져 있으리라는 희망을 저버릴 수는 없다. 나는 계속해서 나를 찾아갈 것이다. 자기를 파괴하는 혼돈 속에서 춤추는 별로 다시 태어날 때까지는.

참나가 되기 위한 여정은

도저히, 못 견디지 않을까?

또다시, 모든 걸 반복하는 게 아닐까?

또다시 • 거듭하여 다시
• '다시'를 강조하여 이르는 말

대학 시절, 방학이 되면 집으로 돌아가 긴 칩거에 들어가곤 했다. 휴대전화가 없던 시절이니 사람들과의 단절에 그다지 큰 노력이 필요하지도 않았다. 그냥 아무에게도 연락하지 않으면 되었고 집으로 오는 전화는 받지 않으면 그만이었다. 쉽고도 가벼운 고립이었다. 자초한 고독 속에서 아침부터 저녁까지 도서관에만 틀어박혀 지냈다. 소설, 단지 소설만을 안고 끼고 핥던 시절이었다. 소설은 분명한 허구의 세계였지만 거기에 내 영혼의 한 조각만이라도 뿌리내리고 싶었다. 하지만 그런 부질없는 열망은 현실의 나로부터 끝내 배반당하고 말았다.

마흔을 넘기는 긴 시간 동안 소설을 버렸다. 아니 소설을 가까이할 수가 없었다. 나란 사람은 늘 여기 아니면 저기를 오갈 뿐 중간 지점에 있는 약삭빠름이란 없었으니까. 내겐 직업이 있고 남편이 있고 아이가 있었다. 이렇게 뚜렷한 물성이 있는 삶 속에 소설이 감히 발을 들여놓아선 안 된다고 생각했다. 자칫 무모한 내가 소설의 손을 잡고 쓸데없는 가출이나 위험한 도피를 감행하게 될까 봐 두려웠는지도 모르겠다.

요즘 한 작가의 소설들을 사냥개처럼 물고 뜯다가 문득 이십여 년 전 내가 되살아나 있음을 깨닫고 소스라치게 놀랐다. 그토록 버리고 싶어 했던 내가 어쩌면 내 안에 그대로 남아 있었을까? 소설도 시도 읽지 않으면서 마침내 말려 죽이려고 했던 내가 오랜 세월 버티고 버티었다가 다시금 부활한 것만 같았다.

또다시, 모든 걸 반복하는 게 아닐까?

조지 산타야나는 과거를 기억 못 하는 이들은 과거를 반복하기 마련이라고 했다. 인생에서 이루어지는 무의식적인 선택들은 아무리 거부하려 해도 무섭게 반복되기도 한다. 동정하던 부모와 비슷한 선택을 하며 사는 사람, 증오하던 부모와 판박이가 되어 가는 사람, 부모로부터 받은 상처를 자식에게 그대로 대물림하는 사람, 실패하는 연애를 반복하며 고통스러워하는 사람, 모두가 도망친 곳으로 끊임없이 되돌아가는 무기력한 자아이고 한 번 빠진 우물에 '또다시' 빠져 허우적거리고 있는 가엾은 영혼들이다. 이들은 모두 일정한 삶의 궤도 위에서 다람쥐처럼 쳇바퀴만 뱅글뱅글 돌리고 있을 뿐 한순간도 정말로 탈출하지는 못한 것이다. 그런 생각이 들자 걷잡을 수 없이 두렵고 온몸의 솜털이 낱낱이 곤두서는 듯했다. '또다시, 모든 걸 반복하는 게 아닐까?' 하는 불길한 예감이 저승사자처럼 나를 노려보고 있는 것 같았기 때문이다.

이십 대 무렵 혼자서 소설이란 걸 끄적인 적은 있었다. 어디 내놓기에도 부끄럽고 혼자서 읽기엔 더더욱 끔찍해서 쓰고 지우고 쓰고 지우기를 반복했다. 그러다 다시는 쓰지 않았다. 마구잡이로 다른 사람이 쓴 소설들을 집어삼키기만 했다. 그러나 그때의 나와 지금의 나를 비교해 보면 닮은 듯하면서도 많이 달라져 있다. 나는 이제 읽되 함몰되지 않으며, 쓰되 도망치지는 않기 때문이다. 지금보다 낯빛이 허옇고 눈매가 사나웠던 젊은 시절의 나는, 흐릿하게 남아 있는 과거의 허물어진 잔상일 뿐이다. 그걸 깨닫는 순간 조금은 안도할 수 있었다.

헤라클레이토스는 말했다. 같은 강에 두 번 발을 담글 수는 없다고. 모든 것은 흐르고 아무것도 머물지 않는다. 과거의 내가 지금의 나와 완벽히 일치하지는 않을 것이다. 그 누구도 인생을 똑같이 반복하며 살지는 않는다. 설령 '또다시' 같은 일이 일어난다 해도 다르게 행동하리라는 걸 믿는다. '또다시'라는 부사는 과거와 현재를 단단하게 묶어 버리는 불가항력의 덫 같지만, 과감히 벗어던지고 새롭게 혹은 다르게 시작해야만 한다. 불안과 절망에 취해 웅크리고 있는 이십 대의 나를 일으켜 세워 함께 걸어가야 한다. 지금의 내가 반걸음 정도 앞장서서 의심의 눈초리로 노려보는 과거의 나에게 말해 주면 된다.

'괜찮아. 나를 믿고 따라와. 또다시 사방으로 흩어지는 바람에 인생을 송두리째 내맡겨 버리지는 않을 테니까.'

누구에게나 다시는 돌아가고 싶지 않은 혹은 반복하고 싶지 않은 인생의 블랙홀 같은 순간들이 있다. 그런데도 이따금 소름 끼치게 '또다시' 같은 자리에 서 있는 것만 같은 무기력한 찰나들과 맞닥뜨리게 된다. 하지만 과거의 나는 지금의 나와 다르다. 지나온 세월은 낮과 밤처럼 혹은 하늘과 바다처럼 맞닿을 순 있으나 결코 하나가 될 수는 없고 뒤섞일 수도 전복될 수도 없는 것이다. 과거로부터 멀어진 시간만큼 지금의 나는 과거의 나로부터 달라져 있다. 그러니 영혼을 뒤덮는 '또다시'란 불안의 장막은 과감히 걷어 버리기로 하자.

또다시, 모든 걸 반복하는 게 아닐까?
모든 것은 흐르고 나도 그렇다.

가장, 좋아하는 걸 말하기

가장 • 여럿 가운데 어느 것보다 정도가 높거나 세게

'가장' 좋아하는 것을 물으면 난감해진다. 가장 좋아하는 음식이 뭔지 선뜻 대답하지 못한다. 가장 좋아하는 음악도 어쩐지 대답하기가 곤란하다. 생각이 잠자리처럼 이리저리 맴돌 뿐 하나의 대상 위에 가만히 내려앉지 못한다. '가장'이란 말을 들으면 온몸의 근육이 바짝 긴장되면서 부담스럽고 자신이 없어진다. 단지 나의 선택일 뿐인데도 그것을 입 밖으로 꺼내어 말하는 순간 왠지 확신이 없어지는 것이다. 거짓말을 하는 것일지도 모른다는 불안감과 선택하지 않은 대상에 대한 묘한 죄책감까지 일어나 머릿속을 마구 헝클어 놓기 때문이다. 그래서 '아무거나 다 좋아.' 같은 무색무취의 대답이 튀어나와 버리기도 한다. 나 같은 부류의 사람을 가리켜 흔히 선택 장애가 있다고들 한다. 술에 물 탄 듯 물에 술 탄 듯 뜨뜻미지근하고 싱겁다며 싫어하는 이들도 있다.

가장, 좋아하는 걸 말하기

——

예전엔 아이들에게 말도 안 되는 짓궂은 질문을 했다. “너는 엄마가 좋아? 아빠가 좋아?” 생전 처음 보는 낯선 어른이 이런 질문을 던져 놓고는 생글거리며 얼굴을 빤히 들여다보는 것이다. 어서 대답하라고 재촉하는 눈길 앞에서 안절부절못하고 쩔쩔맸던 기억이 지금도 선명하다. 도대체 그런 무례한 질문은 애초에 누가 만들어 낸 것일까? 나는 늘 똑같은 대답만 앵무새처럼 반복했다. “둘 다 좋아요.” 굳이 한 사람을 고르라 하면 엄마가 더 좋았고 때로는 둘 다 싫기도 했지만 말이다.

아들이 어릴 때도 어김없이 같은 질문을 받았다. 하지만 아들은 한 치의 망설임도 없이 이렇게 대답하곤 했다.

“엄마가 더 좋아요. 세상에서 가장 좋아요.”

이제는 제법 자라 아홉 살이 된 아이가 내게 은밀히 고백했다.

“엄마랑 아빠가 헤어진다면, 물론 그런 일은 절대로 일어나지 않겠지만 만약 그런 일이 생긴다면 나는 엄마랑 살 거야.”

순간 뒷머리가 쭈뼛 서고 나도 모르게 미간이 찌푸려졌다. 어쩌면 저렇게도 자기 마음을 거침없이 말로 표현할 수 있는 걸까 놀라워서였다.

동시에 왠지 모를 불편함이 가시처럼 가슴을 찔렀다. 아빠를 소외시키는 듯한 아들의 말에서 원인 모를 죄책감을 느꼈기 때문이었다. 또 사람들이 아들과 아빠의 관계를 오해하면 어쩌나 하는 괜한 걱정도 앞섰다. 모든 건 나 혼자서 만들어 낸 망상이었다. 막상 아들에게 아빠를 어떻게 생각하는지 물으면 해맑게 대답했다.

“아빠도 좋아. 누가 싫다고 그랬어? 나는 아빠 없으면 못 살아.”

나의 불편함은 선의에서 온 것일까, 불안으로부터 온 것일까? 아마도 후자일 가능성이 더 크다. 취향이나 생각, 감정을 뚜렷이 말하지 못하는 것은 누군가를 진심으로 배려해서라기보다 나에게 올 비난의 화살을 피하고 싶은 마음이 더 크기 때문이었다. 둘 다 좋다고 하거나 아무거나 괜찮다고 함으로써 눈앞에 있는 사람에게 착하다는 인상을 심어 주고 싶었던 거였다. 어떤 부정적인 평가도 받고 싶지 않아서 말이다. 하지만 어른이 되면서 깨달은 진실은 마음을 숨기면서 얻어 낸 타인의 인정이나 칭찬은 결국, 나에게로 향한 자학의 칼날로 변해 버린다는 것이었다. 그것이 아무리 도덕적으로 사회적으로 마땅히 옳은 선택이었다 할지라도.

늦은 아침, 내게로 파고드는
아이의 여린 숨결과 조그마한 포옹
아이의 머리맡에서 나는 살 냄새
사랑하는 이와 꼭 맞잡은 손에 흐르는 온기
카페에서 들리는 나지막한 두런거림
차 한 잔과 함께 읽는 책들
적막 속에 울려 퍼지는 자판 두드리는 소리
가족과 함께하는 단란한 저녁
좋아하는 음식의 첫 한 입
남편과 아들의 시끌벅적한 거실
늦은 오후 졸음이 밀려오는 도서관
여행을 떠나기 전날 밤의 설렘
어느 날 문득 떠오르는 옛 추억들

서서히 온기를 품어 가는 초봄

여전히 열기가 남아 있는 초가을

아직은 뜨겁지도 차갑지도 않은 그런 날들

마른 빨랫감에 배어 있는 해의 향기

아스라이 사그라드는 그믐달

어스름한 새벽녘의 처연함

해 질 녘 하늘의 붉게 물든 찬란함

새소리, 바람 소리, 풀벌레 소리, 물소리

그리고 당신의 숨소리

이 모든 것들을 저는 좋아합니다.

언젠가 '내가 좋아하는 것들'이란 주제로 글을 쓴 적이 있었다. 더 좋아하는 것이나 가장 좋아하는 것을 선뜻 고르진 못하지만, 좋아하는 것들을 무작위로 떠올리다 보니 꽤 많은 것들을 끄집어낼 수 있었다. 그렇다면 나는 취향이 없는 사람이 아니라 단지 취향을 선택하기 어려워하는 사람인 게 아닐까? 선택은 배제를 낳고 배제는 마음을 불편하게 하기에 꺼린 것이다. 하지만 세상 사람들은 이도 저도 아닌 무채색 인간을 좋아하지 않는다. 반대로 색이 지나치게 선명한 원색 인간도 좋아하지 않기는 마찬가지이다. 그래서 나는 늘 눈치만 살피다 상대가 나에게 바라는 것을 나 자신도 원하고 있다고 속이며 살아온 것이다. 나만의 대답을 찾기보다는 상대가 원하거나 올바르다고 여기는 대답을 찾기 위해 전전긍긍하면서 말이다. 그러면서 나의 대답을 듣고 상대의 얼굴에 번지는 안심과 만족의 표정을 존재에 대한 긍정의 신호로 받아들인 것이다.

지금도 나는 가장 좋아하는 게 뭔지 잘 알지 못하고 말하지 못한다. '가장'을 붙이면 모든 게 모래성처럼 한순간에 허물어져 내리고 만다. 가장 되고 싶은 게 뭐야? 가장 갖고 싶은 게 뭐야? 가장 가고 싶은 곳이 어디야? 그런 질문들 앞에서 영악한 참새 앞에 서 있는 허수아비처럼 무기력해져 버린다. 나보다 상태가 심각한 사람은 긴 세월 우울증을 앓고 있는 남편이다. 그는 좋아하는 것이 아예 없거나 모르겠다고 말하기도 한다. 오랜 세월 자기 자신에게 해 온 거짓말 때문에 '나'를 완전히 잃어버렸기 때문이다.

좋아하는 마음을 눈치 보지 않고 표현할 줄 아는 아들의 당당함과 티 없음을 사랑한다. 좋아하는 것의 순위까지 매겨 가며 마음을 세심히 들여다볼 줄 아는 아들의 자기애도 부럽다. 나는 이제 그 시절로 되돌아갈 수 없고 과거의 나에게 마음을 숨기지 않아도 된다고 말해 줄 수도 없다. 하지만 지금의 나에게만은 꼭 당부하고 싶다. 이제부터라도 당당히 '가장' 좋아하는 것을 좋아한다고 말하면서 살자고. 눈치만 보던 겁쟁이는 내 안의 해묵은 거짓말들과 함께 그만 멀리 떠나보내자.

가장, 좋아하는 걸 말하기

나의 마음이 먼저 당당해지기를

문득, 떠오르는 모든 것들은 강렬하다

문득　• 생각이나 느낌 따위가 갑자기 떠오르는 모양
　　　• 어떤 행위가 갑자기 이루어지는 모양

모든 창작활동의 원천은 영감에서 비롯된다. 영감이야말로 '문득'과 단짝이라 할 수 있다. 〈부사가 없는, 삶은 없다〉를 브런치스토리에 연재하게 된 것도 그야말로 '문득' 떠오른 발상 하나 때문이었다. 연재를 시작하고 나자 시험을 앞에 둔 수험생처럼 밥을 먹으면서도 잠을 자면서도 심지어 글을 쓰고 있으면서도 마음의 절반은 부사에 매달려 끙끙댔다. 부사로 글을 쓰는 것은 재미있고 색다른 경험이었지만 한편으론 무척이나 힘들고 부담스러운 일이었다. 주제를 정해 놓고 정해진 날짜에 맞춰 글을 쓰려니 울타리 안에 갇힌 야생마처럼 숨이 턱턱 막히기도 했다.

하지만 포기하지 않고 '문득' 떠오르는 부사 하나를 낚아채어 내 안의 이야기와 함께 한 편의 글로 지어내는 작업을 반복해 나갔다. 그런데 희한한 것은 아무것도 손에 잡히지 않던 부사의 세계를 유영하다가 느닷없이 걸려드는 부사 하나로 한 편의 글을 완성해 냈을 때, 말로 표현할 수 없는 짜릿한 환희와 쾌감이 느껴지는 게 아닌가? 그러니 나는 창작의 고통과 기쁨 사이를 끊임없이 오가면서도 심폐소생술 하듯 연재의 생명줄을 이어 갈 수밖에는 없었다.

문득, 떠오르는 모든 것들은 강렬하다.

—

'문득'은 다분히 충동성을 내포하고 있는 말이다. 갑자기 떠오른 생각, 느닷없이 하게 되는 행동처럼 생각지도 못했던 일들에 대하여 '문득'이라는 부사를 붙인다. 하지만 뜬금없다고 여겨지는 생각이나 행동 속에 진실이 숨어 있는 경우가 심심찮게 많다. '문득' 떠올랐다고 하지만 실제로는 오래전부터 생각했던 것일지도 모른다는 말이다. 그러니 '문득' 일어나는 모든 일이 아주 새삼스러운 것만은 아니다.

어디에서 튀어나온 것인지 알 수 없는 뜬금없는 생각, 맥락 없이 하게 되는 충동적인 행동, 이유를 알 수 없이 사로잡히는 감정이나 욕망은 대체로 무모할 때가 많다. 하지만 어떤 면에선 무척 낭만적이고 매력적이기도 하다. 사람이 이성적인 판단과 계획에 의해서만 살아간다면 삶은 너무나 건조하고 시시해질 것이다. 심연에서 튀어나오는 난데없는 '문득'의 세계가, 때로는 이해할 수 없을 만큼 엉뚱한 '문득'의 세계가 우리를 좀 더 인간답게 만들어 주는 건 아닐까?

문제는 '문득'이 지닌 강렬함에 있다. 시작은 '문득'이었지만 어느새 덫에 걸린 듯 헤어 나오지 못하게 되는 경우도 많기 때문이다. 이때가 바로 '문득'이 '항상'으로 바뀌는 순간들이다. 내겐 글쓰기가 그러했다. 어느 날 문득 글쓰기를 시작했을 뿐인데 지금은 삶 자체가 되어 버리고 말았다. 문득 떠올라 연락한 남자와 결혼할 수도 있고, 문득 떠난 여행지에서 진로가 완전히 바뀌어 버릴 수도 있고, 문득 덮쳐 온 낯섦 때문에 살던 곳을 영영 떠나 버릴 수도 있는 게 인생이다. 이렇게 '문득'의 힘은 그 결말을 예상하기 어려울 정도로 강렬하다.

그런데 늘 함께하는 사람이나 반복적으로 하는 행동은 '문득'의 세계와 거리가 멀다. 그게 무엇이든 일상이 된 후엔 '문득'의 세계에 발을 들여놓을 수 없는 것이다. '문득'은 보이지 않다가 한순간에 갑자기 나타나 삶의 지반을 통째로 흔들어 놓는 지진과도 같다. 지진이 일어났다고 해서 모든 사람이 똑같은 반응을 보이는 것은 아니다. 아무렇지도 않게 원래 있던 땅으로 되돌아가는 사람, 갈라진 땅의 낭떠러지 밑으로 추락해 버리는 사람, 이쪽 땅에서 저쪽 땅으로 가벼이 넘어가는 사람, 겉으론 평온해 보이지만 공포에 잠식당해 꼼짝도 못 하는 사람, 애초에 아무런 변화조차 느끼지 못한 채 무감각한 사람 등 반응의 양상도 천차만별인 것이다.

'문득' 벌어진 일 앞에서 내가 어떤 반응을 보일지는 겪어 보지 않고는 알 수가 없다. '문득'이 나를 어디로 데리고 갈 것이며 어떻게 변화시킬지도 예측할 수가 없다. '문득' 저지른 행동이 인생의 미래를 파괴할지 창조할지도 알 수 없는 일이다. 참으로 위험하고도 설레는 '문득'이지 않은가? 하지만 나는 이런 '문득'의 힘을 긍정한다. '문득'의 파도에 떠밀려 인생이 위태롭게 휘청거린 적도 많았지만, 그 파도가 결국엔 나를 '지금 여기'까지 데리고 와 준 것일 테니까.

문득, 떠오르는 모든 것들은 강렬하다.
위험하지만 기대되고, 강렬하지만 설레기도 한다.

벌써, 시간이 이렇게나 지났다고요?

벌써 • 예상보다 빠르게
• 이미 오래전에

싸늘한 봄비가 추적추적 내리던 날, 아빠를 만나러 갔다. 아빠가 떠난 지 '벌써' 오 년이 넘었다. 아들은 그때 나이의 두 배가 되었고, 나는 시간의 옷을 잔뜩 껴입은 채로 몸도 마음도 아둔해져 버렸다. 하지만 정작 내 삶은 아무런 충격도 받지 않은 것처럼 달라진 것이 별로 없다. 마치 시간이 허공으로 가뭇없이 흩어져 버린 것만 같다. 이토록 허망한 시간 앞에서 종종 몸서리를 치곤 한다. '벌써'라는 부사를 사납게 노려보면서 나를 통과해 간 시간이 도대체 어디로 가 버린 것인지 자꾸만 두리번거리며 찾게 되는 것이다. 안타까움에 화도 내고 아쉬움에 서글퍼하기도 하면서 말이다.

누구에게나 시간의 흐름은 똑같다. 지금도 시곗바늘은 규칙적으로 재깍거리며 전진하고 있다. 하지만 우리는 지나가 버린 시간에 대해 늘 생각보다 너무 빠르다고 느낀다. 과거를 얘기하다 보면 '벌써 일 년이 지났네.' '벌써 십 년이 지났네.'라는 말을 아무렇지도 않게 하곤 한다. 왜 그렇게 지나간 시간은 빠르게만 느껴지는 것일까? 그것은 아마도 인간이 지닌 기억력의 한계 때문이 아닐까 생각한다.

반복적이고 평범한 일상은 인간의 뇌가 굳이 기억하려 들지 않는다고 한다. 우리는 치열하게 살아왔다고 자부하지만 정작 하루의 대부분을 반복적인 생각이나 행동을 하는 데 할애한다. 생존의 기본값만을 충실히 이행하면서 살아가는 것이다. 반면 평생 잊지 못할 만큼 특별하거나 인상적인 순간은 그것이 행복한 일이든 불행한 일이든 횟수와 빈도 면에서 현저히 적기 마련이다. 그러니 과거와 현재 사이에는 성근 해면처럼 기억의 구멍이 숭숭 뚫리는 것이고 실제로 겪은 시간에 비해 턱없이 짧고 빠르게만 느껴지는 것이다.

벌써, 시간이 이렇게나 지났다고요?

—

시간을 한 치의 빈틈도 없이 꽉꽉 채우며 살아간다는 건 불가능한 일이다. 유독 과거를 상세히 기억하는 사람은 있어도 모든 걸 다 기억하는 사람은 없을 것이다. 누구에게나 지나온 삶은 떠오르는 몇 개의 핵심 사건들로 요약되곤 한다. 단지 극소수의 장면들만이 아무리 세월이 흘러도 현재 일어난 일처럼 생생하게 기억되고 그 순간의 감정까지도 반복적으로 느끼는 것이다. 그렇게 '삶'이란 나만의 기억에 새겨진 몇 개의 사건들을 나만의 편집과 각색을 거쳐 하나의 고유한 서사로 만들어 놓은 것일 뿐이다. 그래서 누구나 자신의 삶을 떠올리면 파노라마처럼 머릿속에 한 편의 이야기가 재생되는 것이다.

하지만 내가 아는 삶과 실제 삶은 다르다. 살아온 시간과 기억하는 시간이 다르고, 실제로 겪은 시간과 느끼는 시간도 다르다. 모두에게 주어진 시간은 같지만 우리는 서로 다르게 그 시간을 사용하고 느끼고 기억하며 살아간다. 대부분은 망각해 버리거나 흘려보내고 말 시간이지만 누군가는 그 시간의 길이를 늘이고 늘여 더 깊은 인생의 정수에 도달하는 데 사용하기도 하는 것이다. 그렇다면 나는 시간과 어떤 관계를 맺으며 살아왔을까?

'벌써'라는 부사에는 미묘하게 다른 두 가지 개념이 담겨 있다. 지나가 버린 시간의 덧없음에 대한 한탄의 의미도 있지만, 시간의 흐름을 인지하지도 못할 만큼 완벽히 시간을 내 것으로 만들었을 때 느끼는 감탄과 만족의 의미도 있는 것이다. 이왕이면 전자보다 후자의 편에서 시간을 사용하고 싶다. 그리고 그 해답은 당연하게도 '몰입' 여부에 달려 있을 것이다.

무언가에 몰입하는 순간은 시간의 망각을 일으키고 마침내는 무엇과도 바꿀 수 없는 내적 충만감을 느끼게 해 준다. 우리가 물리적인 시간의 흐름에만 초점을 맞추고 살아간다면 오늘보다 내일, 내일보다 모레 더 허망해질 수밖에 없다. 살아갈 날은 줄어들고 지나온 날은 자꾸 망각하면서, 인생이 모래시계 속의 모래알처럼 야금야금 흘러내리고만 있기 때문이다. 하지만 지금 이 순간에 몰입할 수 있고 그리하여 순간이 영원이 될 수만 있다면, 더는 지나간 시간을 아쉬워하며 한숨지을 필요가 없을 것이다.

자기를 망각의 세계로 인도할 몰입 거리를 찾는 게 더 나은 인생을 위한 필연적 과제가 아닐까 생각한다. 내가 글을 쓰는 이유도 결국은 몰입과 관련이 있다. 몰입의 즐거움을 위해 글을 쓰기 시작한 것은 아니지만 글을 쓰다 보니 그 어떤 때보다 몰입하게 된다는 사실을 깨닫게 되었다. 동시에 글을 쓰는 목적도 더욱 분명해졌다. 산산이 흩어져 버릴 것 같이 짧고 허무한 생을 영원처럼 밀도 있고 가치 있게 살아가기 위해 글을 쓰는 것이다. 글만이 그렇겠는가? 사람마다 개성이 다르듯 몰입으로 들어가는 길 또한 제각각일 것이다. 틀림없는 건 나는 읽고 쓰는 동안 그 어느 때보다도 빠르게 시간이 달아나 버린다는 사실이다. 그리하여 지나간 시간을 두고 허무의 '벌써'가 아닌 환희의 '벌써'를 외치게 된다. 몰입의 세계로 이끌고 가는 걸 찾았는가? 그걸 찾았다면 당신은 행운아다. 그리고 그것에 이미 몰입하고 있다면 흘러가 버리는 시간을 영원 속에 붙잡아 두는 시간의 지배자가 될 수도 있을 것이다.

벌써, 시간이 이렇게나 지났다고요?
몰입으로 들어갈 수만 있다면 순간은 영원하다.

기어이, 해내는 사람보단 '꾸준히' 하는 사람

기어이 • 어떠한 일이 있더라도 반드시
• 결국에 가서는
꾸준히 • 한결같이 부지런하고 끈기가 있는 태도로

박경리가 대하소설 《토지》를 쓰는 데는 무려 이십육 년이 걸렸고 괴테는 스물세 살부터 《파우스트》를 쓰기 시작해 여든두 살이 되던 해에 완성했다. 안토니 가우디가 설계한 '사그라다 파밀리아' 성당은 착공한 이후로 백사십 년도 넘는 시간 동안 짓고 있고 아직도 완성되지 않았다. 명작을 만들어 내기 위한 피나는 노력을 들으면 누구나 겸허해질 수밖에 없다. 하지만 그들처럼 대단한 무언가를 각오하거나 꿈꾸면서 글쓰기를 시작한 것은 아니었다. 쓰고 싶어서 썼고 쓰다 보니 습관처럼 계속 쓰게 되었을 뿐이다. 나는 '기어이'의 비장함을 그다지 좋아하지 않으며, '기어이'가 풍기는 아집과 강요도 거북하게 느껴진다. '기어이' 해낸다는 것은 숨 막힐 정도로 갑갑하고 부담스럽기까지 하다. 무언가를 이루거나 갖기 위해 어떠한 희생도 불사하고 온 생을 다 바쳐서 노력하라고? 약간은 바람 빠진 풍선 같기만 한 나의 의욕과 열정이 한없이 초라해 보여서 그나마 남아 있던 열기마저도 피식하고 새어 나가 버리는 기분이 든다. '기어이' 해내는 사람들을 우러러보다 보면 나 같이 평범한 사람은 제풀에 지쳐 포기해 버리고 말기 십상인 것이다.

'기어이' 해내는 사람보다는 '꾸준히' 하는 사람

블로그에 첫 글을 올리기 시작한 지 어느새 이 년 반이 넘었고 브런치스토리 작가가 된 지도 이 년이 지났다. 다른 사람들이 읽을 수 있는 글을 쓴다는 것은 무척이나 낯설고 두려운 도전이었다. 글쓰기를 시작한 이후로 내 안의 우주에서는 커다란 폭발이 일어났고, 삶은 조금씩 방향을 틀면서 새롭게 재정비되어 갔다. 그동안 나는 얼마나 많이 달라져 있는가? 글쓰기 성과가 어떠했고 블로그나 브런치스토리를 얼마나 성장시켰는지 따위의 표면적인 문제가 중요한 것은 아니다. 나는 지금까지 한 번도 경험해 본 적 없는 새로운 길 위에 서 있음을 깨닫게 되었고, 그것은 놀라울 정도로 아니 믿기지 않을 정도로 가슴 뛰는 일이었다.

거의 매일 글을 쓰거나 글에 대해 생각해 왔다. 직장을 다닐 때도 다니지 않을 때도 마찬가지였다. 아무리 힘들어도 글쓰기의 덫에서 빠져나올 수는 없었다. 글쓰기는 수시로 환희와 고통 사이를 오가게 했지만 쓰는 삶에 이미 중독되어 버린 나는 어쩔 도리가 없었다. 이러한 딜레마는 전업 작가든 아니든 글을 쓰는 모두가 공감하는 글쓰기의 명암일 것이다. 실제로 매일 글을 쓰다 보니 소소한 혹은 커다란 성과들도 있었다. 여러 지면에 내 글이 실렸고 신춘문예에 당선되어 소설가가 되기도 했다. 적절한 당근과 채찍이 글쓰기를 끊임없이 독려해 주었고 글쓰기의 고통으로부터 도망치지 않게 붙들어 주었다. 그런데도 이따금 '나는 왜 글을 쓰려

하는가?'라는 근원적인 물음 앞에 맞닥뜨리곤 한다. 그럴 때마다 끝이 보이지 않을 정도로 하늘 높이 솟아 있는 벽에 가로막힌 듯 캄캄하고 막막하다. 글쓰기의 이점은 이루 헤아릴 수 없이 많다. 하지만 그 모든 이득이 내가 감수해야 할 손해나 고통을 대신할 만큼 대단한 것인가? 아주 낱낱이 까놓고 비교해 보자면 현실적으로는 오히려 실이 되는 부분들도 많다.

그런데도 남는 결론은 계속해서 '써야겠다는 마음'뿐이었다. 언젠가 글을 도저히 못 쓰게 될 날이 올지도 모르겠다. 그날이 오기 전까지는 그냥 지금처럼 뭐라도 쓰면서 살고 싶은 마음인 것이다. 괴테니 박경리니 하는 대단한 작가들 옆에 이름을 올리기 위해 글을 쓰는 게 아니다. 아니 다시 태어나지 않는 이상은 그렇게 쓰지도 못한다. 그들처럼 수십 년을 바쳐서 명작을 만들어 내고 영광스럽게 죽음을 맞이하겠다는 비장한 각오도 없다. 진정한 예술가가 되어 생을 열정 속에 불사르겠다는 광휘에의 갈망 역시 없다. 그렇지만 그냥 글을 쓰고 싶다. 이렇게 하루하루 주어진 시간 속에서 할 수 있는 만큼만 성실하게. '기어이' 무언가를 해내겠다는 마음은 없지만 '꾸준히' 한번 해 보자는 작은 다짐 정도를 가지고 말이다.

글쓰기만 그런 게 아니다. 무엇을 하든 마음가짐이란 거기서 거기가 아닐까 싶다. 아이를 낳아 기르는 마음도 마찬가지이다. 최고의 엄마가 되어 '기어이' 아들을 세상에 이름을 날리는 대단한 인물로 키워 내겠다는 목표를 가지고 있지는 않다. 아이의 재능과 노력, 하늘의 운 모든 것이 한 번에 맞아떨어져 큰일을 해낼 인물이 될 수도 있겠지만, 현실적으로는 아닐 가능성이 더 크다. 나는 하루하루 '꾸준히' 아이를 바람직한 어른으로 자라게 할 방법들을 공부하고 아주 작은 것이라도 양육 속에 실천해 나가려고 노력하고 있을 뿐이다. '기어이'라는 각오는 접어 두고 그저 '꾸준히' 말이다. 밖에서 보기엔 작고 시시해 보이는 노력일지라도 내가 할 수 있고 아이가 받아들일 수 있을 만큼만 무리하지 않는 선에서.

그래서 나는 결코 희대의 작가가 되지는 못할 것이고, 난세를 구할 영웅의 어머니도 되지는 못할 것이다. 하지만 오랜 세월이 흐른 후에도 변함없이 '사랑이 가득한 글 잘 쓰는 엄마' 정도는 되어 있지 않을까? 그리고 어쩌면 작은 확률로라도 '꾸준함'이 빛을 발해 많은 독자로부터 공감을 얻는 '좋은 작가'가 되어 있다면 그보다 더 기쁜 일은 없을 것이다. 위대한 인물들에게도 그들의 재능과 열정을 꽃피우기 위해 '꾸준함'이란 덕목은 반드시 필요했을 테니까.

'기어이' 해내는 사람보다는 '꾸준히' 하는 사람이 되고 싶다.

나는 그렇게까지 비장해지고 싶지는 않다.

비록, 내 몸은 약하지만

비록 • 아무리 그러하더라도

며칠째 잠만 잤다. 자도 자도 끝이 없이 잠이 쏟아졌다. 비몽사몽간에 일어나 밥을 먹고 약을 삼키고 또다시 잠에 빠져들었다. 베트남에서 돌아온 후 좀처럼 몸 상태가 회복되지 않고 있다. 이국땅에서의 흥분과 감흥은 어느덧 먼 기억 너머로 사장되어 버렸고 나약한 몸은 시름시름 앓고만 있다. 꿈과 현실의 모호한 경계 속에서 언어도 잃어버린 채 글을 쓰려다 포기하고 눕기를 여러 번 반복했다. 세상은 흘러가는데 나만 홀로 멈추어 있었다. 그런 상태가 끔찍하게 싫었지만 어쩔 도리가 없었다.

몸이 엉망이 된 것은 베트남 공기에 적응하지 못한 게 가장 큰 원인이었다. 엄청난 매연에 며칠을 시달렸더니 호흡기 염증이 심각해진 것이다. 여행을 간 기간과 베트남의 '뗏'이라는 명절 기간이 겹쳤다. 그래서인지 가는 곳마다 어마어마한 인파에 휩싸일 수밖에 없었다. 수많은 오토바이가 내뿜는 매캐한 연기가 습하고 찐득한 공기에 거머리처럼 들러붙어서 호흡기를 공격한 것이다.

나는 특히 목과 기관지, 폐 등이 취약하다. 교사 시절에도 몸이 고단하면 목이 제일 먼저 쉬었고 강행군을 하면 목소리가 아예 나오지 않기도 했다. 말을 해야 하는 숙명을 타고난 교사이기에 목을 치료하기 위해 별의별 짓을 다 했다. 한 번은 목구멍 안을 긴 침으로 찔러서 피를 쏟게 하는 병원에 간 적도 있었다. 득음하는 소리꾼처럼 피를 토했건만 아무런 소용도 없었다. 그저 교사를 그만두고 말을 하지 않으니 병도 서서히 나아갔다. 환경에 취약한 것은 오로지 허약한 육체가 지닌 한계 탓이었다.

비록, 내 몸은 약하지만

엄마 말에 의하면 나는 팔삭둥이쯤으로 태어났다고 했다. 술에 취한 아빠가 밥솥을 집어 던지는 바람에 놀란 엄마의 양수가 터져 버렸고 배 속에 있던 나는 아직 때가 되지도 않은 상태에서 느닷없이 세상에 나왔다. 이런 경우 애를 낳았다기보다는 애가 떨어졌다고 표현하는 게 더 어울릴 것이다. 놀라면서 태어났기 때문인지 평생토록 작은 일에도 깜짝깜짝 놀라는 일이 잦았다. 때로는 곁에 있는 가족들한테조차도 소스라치게 놀라 상대를 무안하게 만들곤 했는데, 놀람의 정도가 상식적인 수준을 넘어서는 것이었다. 잘 놀라는 것은 심장이 약하기 때문이라고 했다. 심장병은 대대로 가족력까지 있으니 약한 심장이 언제 내 생명을 위협하게 될지는 알 수 없는 일이다.

어린 시절, 병든 엄마와 가출한 이후로 끼니를 제대로 챙겨 먹지 못했다. 지금도 기억나는 것은 물에 만 밥과 시어 빠진 김치뿐이던 밥상이다. 어느 순간 나는 입맛을 아예 잃어버렸고 심한 기침을 달고 살았다. 병원

치료도 잘 받지 못하던 때라 병세는 점점 심각해져 갔다. 애면글면하던 엄마가 없는 살림에 외상으로 한약을 지어 먹였고 그제야 조금씩 되살아나기 시작했다. 그로부터 한참의 시간이 지난 후 병원에서는 폐결핵을 앓은 흔적이 폐에 상처로 남아 있다고 알려 주었다. 제대로 된 치료를 받지 못했건만 용케도 살아남은 것이다.

살면서 육신이 삶의 발목을 붙드는 느낌을 받을 때가 참으로 많았다. 건강 관리야 자기 하기 나름이라고들 하지만 노력이나 의지로 바꿀 수 없는 한계가 느껴지곤 했다. 그래도 지금까지 생사를 다툴 만큼의 중병 없이 살아왔다는 것에 만족하고 감사한다. 현재 큰 병을 앓고 있는 사람도 있고 나처럼 육체가 마음대로 말을 듣지 않아 괴로운 사람도 있을 것이다. 하지만 육체적 고통과 한계는 누군가로부터 공감을 받기가 참으로 어렵다. 소화가 잘되는 사람은 만성 소화불량인 사람의 고통을 알지 못하고, 잠을 잘 자는 사람은 불면에 시달리는 사람의 고통을 알지 못한다. 겪어 보지 않고는 쉽게 알 수 없는 게 다른 사람의 육체적 고통인 것이다. 그러니 혼자서 감내해야 할 자기만의 몫이기도 하다.

육체의 강건함은 어쩌면 인생에서 절대적으로 중요한 게 아닐까 하는 생각이 든다. 그러나 어찌하겠는가? 자신에게 부여된 삶의 조건이 어떠하든 받아들이고 살아야만 한다. 헬렌 켈러는 '세상이 비록 고통으로 가득하다 하더라도 그것을 극복하는 힘 역시 세상에 가득하다.'라고 했다. 나는 이 말을 어떠한 생의 조건이든 자기 안엔 그것을 견디고 극복해 나갈 힘 또한 내재되어 있다는 뜻으로 받아들인다.

이따금 육체의 한계에 짓눌려 우울하고 주눅이 들 때도 있다. 활력이 넘치고 강인한 육체를 지닌 사람들이 한없이 부럽기도 하다. 하지만 신은 모두에게 공평할 것이다. 강점이 있으면 약점이 있고 약점이 있으면 강점도 있기 마련이다. 며칠 만에 혼미한 가운데 이 글 하나를 겨우 써냈다. 아직도 쓰고 싶고 써야 할 것들이 산더미같이 쌓여 있지만, 나의 에너지가 미치는 한계를 스스로 알기에 과도한 욕심은 부리지 않기로 한다. 그리고 나에게 주어진 생의 조건을 불만 없이 받아들이자고 다짐해 본다. 척박하게만 보이는 내 안에도 시들지 않는 생명의 씨앗이 숨어 있었기에 지금까지 살아남은 것이다. 남은 생 동안에도 그 씨앗을 고이 찾아 여린 싹을 틔우고 작지만 단단한 열매로 키워 나가야 한다. 그것만이 육체가 지닌 한계를 넘어 삶을 진정으로 사랑하는 방법일 것이다.

비록, 내 몸은 약하지만

견디고 극복할 힘도 내 안에 있다.

언제나, 내 곁엔 내가 있다는 걸

언제나 • 모든 시간 범위에 걸쳐서. 또는 때에 따라 달라짐이 없이 항상

부사에 대한 글을 쓰기 시작하면서 '언제나'를 여러 번 마음속으로 떠올렸다. 영화 〈보디가드〉에서 휘트니 휴스턴이 부른 〈I will always love you〉란 노래를 흥얼거려 보기도 했다. 언제나 당신을 사랑하겠다고? 그 말은 껄끄러운 모래가 뒤섞여 삼킬 수 없게 된 침처럼 입안을 이리저리 겉돌기만 한다. 언제나 한 치의 빈틈도 없이 누군가를 사랑한다는 게 가능할 리 없기 때문이다. 나는 '언제나'라고 명명할 수 있는 상황이 무엇인지 선뜻 대답할 수가 없었다. 그래서 생각이 제자리를 맴돌다 답답함이 밀려오면 '언제나'를 먼발치로 쓱 밀어 두곤 했다.

낯선 곳에서 눈뜬 어느 새벽, 검게 일렁이고 있는 창밖의 풍경에 화들짝 놀랐다. 자세히 보니 그건 나무의 그림자였다. 순간 가는 빛 하나가 머릿속에 실금을 긋고 지나갔다. '언제나'가 성립할 수도 있겠구나. 저 나무와 나무의 그림자처럼 눈을 감는 순간까지 언제나 함께하고 미우나 고우나 견디고 사랑해야 할 대상이 있지 않은가? 그건 바로 그림자 같은 '나' 자신이었다.

언제나, 내 곁엔 내가 있다는 걸.

——

세상에 태어나서 지금까지 가장 많은 대화를 나눈 대상은 누구일까? 아마도 '나' 자신일 것이다. 우리는 생의 모든 순간마다 자신에게 수많은 질문과 대답을 하며 살아간다. 죽도록 고통스러운 순간에도, 기뻐서 가슴이 터질 것 같은 순간에도 혼자가 아니었다. 언제나 나는 나와 은밀히 공모하면서 살아간다. 또 다른 내가 그림자처럼 곁에 붙어 있는 것이다.

우리는 느낄 수 있다. 내 안에 내가 있다는 것을. 그리고 때때로 나를 대상화하는 것도 가능하다. 그래서 나는 나와 함께하고 있다는 말이 어색하지 않은 것이다. 특히 수많은 선택과 결정의 순간들 앞에서 나와의 대화는 절정으로 치닫곤 한다. 나는 침대에서 몸을 일으킬지 말지의 단순한 문제를 가지고도 삼십 분째 나와 대화를 나눈다. 그러다 결국 타협점을 찾지 못한 채 비스듬히 누워 휴대전화 창에 글을 쓰기 시작한다. 또 다른 나는 나무늘보처럼 늘어져 있는 내가 못마땅한지 토라져서는 아무 말도 하지 않는다.

이렇게 나와 다투는 사소한 순간들이 나를 외롭지 않게 만든다. 끔찍한 고독이란 나의 목소리조차 듣지 못하게 되었을 때 들이닥칠 것이다. 하지만 다행히도 나는 늘 속이 시끄러운 편이다. 그래서 혼자여도 전혀 쓸쓸하지 않은가 보다. 나와의 대화가 유독 진지하고 무겁게 흘러가는 때가 있는데 그건 인생에서 아주 중대한 결정을 내려야 하는 순간에 맞닥뜨렸을 경우이다. 앞으로 어떻게 살아갈 것이냐와 직결되는 굵직한 문제들 앞에서 최대한 공손하고 겸손하게 나에게 묻는 것이다. 그러면 또 다른 나는 한껏 신중하고 진지하게 대답을 해 준다.

그래서 나를 배신하지 않으려 한다. 내게 가장 소중한 사람이자 죽을 때까지 함께해야 할 대상이므로. 외면하지도 않으려 한다. 나를 외면하는 순간 인생에 대한 소중한 대답도 더는 듣지 못하게 될 테니까. 잘난 사람의 조언도 위대한 성인의 가르침도 절대적인 신의 말씀도 내 안의 내가 하는 말보다 절실하지는 않다. 나를 가장 잘 아는 건 바로 나 자신이기 때문이다. 그러니 나를 존중해야만 한다. 내가 하는 소리가 귀신 씻나락 까먹는 소리 같더라도 일단은 경청해야 한다. 그리하여 나와 다정한 어깨동무를 하고 눈앞의 생을 향해 씩씩하게 걸어 나가야 한다.

때때로 나의 그림자가 어둠 속에 파묻혀 어디로 갔는지 보이지 않을 때도 있다. 세상은 온통 암흑뿐이고 고독은 뼈에 사무친다. 나를 잃어버렸을 때이다. 나는 나를 되찾기 위해 안간힘을 다하며 몸부림을 친다. 우리는 본능적으로 아는 것 같다. 보이지 않아도 내 안 어딘가에 내가 유배당해 떨고 있다는 것을.

《어느 날 죽음이 만나자고 했다》의 저자 정상훈은 전염병이 창궐하여 수많은 사람이 죽어 가는 사지로 의료 봉사를 떠난 국경 없는 의사회의 의사였다. 마치 죽음에 이끌리기라도 하듯이 죽음이 도처에 널려 있는 내전 지역으로 찾아 들어갔고 사력을 다해 눈앞의 죽음과 맞서 싸웠다. 그러고 나서 그가 발견한 것은 자기 안에 있는 살고자 하는 의지와 살아야 한다는 의무였다. 그는 우울증에 걸려 자신을 잃어버렸던 날들을 죽음으로 인식했고, 우울증을 극복하고 자신을 되찾은 날들을 진짜 삶으로 인식했다. 육신의 생사보다 절실했던, 자기 자신을 찾기 위해 벌이는 사투가 눈물겹고 처절했다.

오늘도 나는 나와 함께하고 있다. 나를 잃어버리는 것은 죽음이나 마찬가지라는 걸 알기에 '언제나' 나에게 먼저 손을 내밀고 말을 걸어 줄 것이다. 비스듬히 누워 있던 몸을 반쯤 일으켜 똑바로 앉아 본다. 내가 슬며시 미소 짓는다. 나는 나를 좀 더 기쁘게 해 주기로 마음먹는다. '글을 썼으니 이제는 밥을 먹는 게 어떨까?' 나의 제안에 또 다른 내가 힘껏 고개를 끄덕이며 웃는다.

알잖아.
언제나, 내 곁엔 내가 있다는 걸

살면서 '함께'라는 꿈이
한낱 허상에 지나지 않았음을 깨닫고
허무했던 적이 얼마나 많았던가?
나와 상대의 '함께'가 하나로 어우러져 아름답게 공명할 때에만
우리는 진정한 관계의 행복에 이를 수 있을 것이다.

4장

너와 나,
관계의 벽을
넘고 넘어

어쩌면, 모든 게 다 오해였을지도 몰라

어쩌면 • 확실하지 아니하지만 짐작하건대

나의 삶을 잘 안다고 생각했다. 섣불리 미래를 논할 수는 없어도 과거와 현재 정도는 내 소관이라고 믿었다. 그런데 어느 날 문득 내가 알고 있던 것들이 전부는 아닐지도 모른다는 의심이 나를 파고들었다. 순간 마음 한구석에 미세한 균열이 일어났다. 그것은 빙판 위에 찍힌 작은 점과도 같았다. 그 점은 점점 커지더니 주먹이 들어갈 만한 틈이 되었고 어느 날 다시 보니 머리 하나는 들어갈 정도로 커다란 구멍이 되어 있었다. 언젠가 내 전부를 집어삼킬 수도 있겠다는 공포가 밀려들어 왔다. '어쩌면'은 그런 내면의 분열 과정에서 만난 부사였다. 내가 믿고 있던 모든 진실이 '어쩌면'을 만나는 순간 중심을 잃고 한꺼번에 흔들리기 시작했다.

어쩌면, 모든 게 다 오해였을지도 몰라.

—

집을 매매하기 위해 주민 등록 초본을 떼었다. 이 세상에 존재했던 시간 동안 머물렀던 공간의 이력이 여러 장에 걸쳐 빼곡히 적혀 있었다. 그런데 한참 동안 나는 초본의 맨 첫 장, 맨 첫 줄에서 눈을 떼지 못했다.

"1982. 1. 11. 신규등록"

내 몸과 기억 속에 새겨져 있는 육 년이란 시간이 눈앞에 있는 서류 어디에도 보이지 않았기 때문이다. 말 그대로 잃어버린, 아니 사라져 버린 육 년이었다.

문득 엄마가 예전에 했던 말이 머릿속을 스쳤다. 학교를 보내기 위해 어쩔 수 없이 뒤늦게 출생 신고를 했다던 말이. 그 바람에 어린 시절 기록은 어느 것도 남아 있지 않은 것이었다. 말로만 듣던 진실을 눈으로 직접 확인하는 기분이 묘했다. 한낱 종이 한 장에 남아 있는 기록이었지만 유년 시절이 통째로 거세당한 느낌마저 들었다.

낳았지만 낳지 않은 아이, 키웠지만 키우고 싶지 않은 아이, 살아 있지만 살아 있음을 증명하고 싶지 않은 아이. 나는 오래도록 그런 거지 같은 대우가 억울하다며 상실감과 절망감을 이불처럼 뒤집어쓰고 울었다. 어제도 초본의 맨 첫 줄에 자리를 깔고 주저앉아 눈물을 쏟으려던 참이었다. 느닷없이 '어쩌면'의 구멍 속으로 온몸이 빨려 들어가 버리는 게 아닌가? 그러자 내가 알고 있던 게 전부는 아닐지도 모른다는 생각이 순식간에 나를 휘감았다. '어쩌면' 그동안 진실을 외면해 왔거나 내 멋대로 해석하여 오해해 왔던 건 아닐까?

삼십 대의 젊은 엄마는 나를 낳고 학교에 보내기까지 전전긍긍하면서 힘겹게 살았다. 병든 몸을 이끌고 집을 나와 거친 세상을 배회하면서도 진짜로 나를 버리지는 않았다. 자기 한 몸도 건사하기 힘든 상태였건만 끝까지 내 손을 놓지는 않은 것이다. 하지만 나는 엄마라는 이름 뒤에 감춰져 있던 한 여자의 기구한 삶은 쳐다보려 하지 않았다. 거대한 오해의 산에 파묻혀 질식해 가는 엄마를 냉정하게 외면한 채로, 이해하기보단 원망했고 흠 없이 사랑하기보단 은밀히 미워했다. 여느 때의 나라면 또다시 자신을 연민하면서 엄마를 부정해 버리고 말았을 것이다. 그러나 '어쩌면'의 의심이 비집고 들어온 이상 더는 그럴 수가 없었다.

지금까지 얼마나 많은 진실을 놓치거나 아니면 외면한 채로 살아왔을까? 내 곁을 지나간 친구도 떠나 버린 연인도 어쩌면 다 오해했던 걸지도 모르겠다. 그들이 내게 주었다고 믿는 감정에 매몰되어 그들의 진실을 들여다볼 노력조차 하지 않은 것이다. 크리스마스 캐럴의 스크루지처럼 과거의 시간 속으로 '어쩌면'의 옷을 입고 몰래 들어가 본다. 그 안에 숨어 있을 진실을 찾아내기 위해 그나 혹은 그녀가 흘린 눈물을 투명한 눈으로 다시 바라본다. 생각보다 견고해서 쉽게 허물어지지 않는 내 안의 생각과 감정들을 '어쩌면'의 도끼로 찍고 또 찍어 본다. 그렇게 부서져 내린 벽의 틈 사이로 그동안 미처 몰랐거나 외면했던 진실이 조금씩 모습을 드러내 줄지도 모르는 일이다. 그리하여 나를 아프게 했던 과거와 상처를 주었던 모든 이들에게 내가 먼저 다정히 화해의 손을 내밀어 주고 싶다.

어쩌면, 모든 게 다 오해였을지도 몰라.

오래 오해해서 미안해.

차마, 헤어질 수 없었어

차마 • 부끄럽거나 안타까워서 감히

세상엔 냉정하게 지나쳐 버릴 수 없는 일들이 참으로 많다. 특히 나는 거절을 잘하지 못한다. 거절하는 순간의 어색하고 불편한 마음을 견디지 못하기 때문이다. 거절하더라도 최대한 우회적으로 돌려서 하다 보니 상대가 그 뜻을 알아듣지 못할 때도 있다. 나이가 들면서 전보다는 거절의 요령을 터득했지만, 여전히 무리한 요구나 부담스러운 부탁 앞에서 대놓고 거절하지 못해 쩔쩔매곤 한다. 거절은 정말로 어려운 삶의 기술 중 하나이다.

'차마'의 어원은 '참다'라는 말이다. '참다'는 무언가를 억누르고 견딘다는 뜻이다. 차마 뒤에 어떤 말이 따라오든 그것을 하기가 무척이나 어렵고 난처할 때 우리는 '차마'라는 부사를 사용한다. 살다 보면 내가 손해를 보거나 불편을 겪을 수도 있지만 '차마' 거절하지 못해서 혹은 '차마' 외면하지 못해서 꾸역꾸역 참고 견디는 순간들도 있는 것이다.

차마, 헤어질 수 없었어.

—

"당신을 평생 책임질게요."

그는 나보다 세 살이나 어린 남자였다. 동생처럼 여기던 그가 이렇게 당찬 고백을 해 왔을 때, 하도 어이가 없어서 할 말을 잃어버리고 말았었다. 순수하고 거침없는 그가 왠지 모르게 안쓰러워 보이기까지 했다. 그때 나는 삼십 대 초반이었다. 인생을 알기엔 한참 어린 나이였고 남은 생이 버거워 방황만 하던 시절이었다. 생계를 위해 작은 출판사에서 일하면서 희망 없는 날들을 보내고 있었다. 나이에 비해 늙고 지친 나와 달리 그에게선 갓 딴 열매처럼 싱싱한 풋내가 났다. 내게 그는 한 줄기 광명과도 같았다. 본능적으로 그가 내뿜는 빛 쪽으로 다가갔다. 하지만 그와의 사랑을 시작한 후에야 깨달았다. 그 빛은 나 혼자서 만들어 낸 신기루 같은 허상이었음을.

"우리 헤어지는 게 좋겠어요. 당신에게 부담이 되긴 싫어요. 미안해요."

그는 끝도 없는 어둠 속으로 침잠해 들어가는 우울증 환자였다. 뼈만 앙상하게 남은 그가 먼저 헤어지자고 말했다. 그의 선택은 어디까지나 나를 위한 고민의 결과였다. 솔직히 나는 그의 병을 감당하기 부담스러워하고 있었다. 하지만 모든 걸 훌훌 털고 떠나 버리기엔 마음이 허락하질 않았다. 그의 너무나도 깔끔한 단념과 절망에 가까운 체념이 동정심과 죄책감에 동시에 불을 지폈기 때문이었다. 나는 그런 그와 '차마' 헤어질 수 없었다. 미래에 대한 아무런 계획도, 잘 헤쳐 나갈 자신도 없으면서 우리는 무작정 함께하기로 했다.

그렇게 '차마'에 붙들려 그와 인연을 맺은 지 어느새 십칠 년이란 시간이 흘렀다. 나는 그때 우울증을 앓는 남자의 아내가 되겠다는 비장한 각오를 한 건 아니었다. 어디까지나 우리 앞의 고통은 일시적인 걸 테고 앞날은 점점 더 나아지리라는 희망을 품고 시작했었다. 그러나 인생은 기대와 실망이 끝없이 엎치락뒤치락하며 반복되는 것일 뿐이었다. 젊은 시절, 우리 앞에 놓여 있던 우울증이라는 산은 어떤 날은 높고 깊어 헤어 나오기 힘들었고 어떤 날은 낮고 만만하여 우습게 넘어갈 수도 있었지만, 아무리 시간이 흘러도 사라지는 것은 아니었다. 그리고 지금도 나는 우울증을 앓는 남자의 아내로 살아가는 중이다.

거절하지 못하고 상대의 요구를 들어주거나 상대를 배려하려다 내가 더 고통당하는 일들을 겪으면서 스스로 문제 있는 사람이라고 생각한 적도 있었다. 착한 게 아니라 그저 바보일 뿐이라며 자책도 했다. 거절하지 못하는 마음 안에 무엇이 들어 있는지 들여다보면 '측은지심'이나 '인지상정'이라 할 수 있는 선한 마음도 있지만, 거절하면 상대가 내게 화를 내거나 영영 돌아서 버릴지도 모른다는 두려움이 클 때도 많았다. 내가 나를 사랑하는 마음보다 남이 나를 사랑해 주기를 바라는 마음에 더 신경 쓰며 살아온 것이다.

그 가난한 마음의 벽 뒤엔 버림받을까 봐 무서워하던 어린아이가 웅크리고 있었다. 부모님의 불화와 다툼 속에서 늘 불안에 떨던 아이, 부모님의 부재와 무관심 속에서 진짜로 버려질 수도 있다는 공포를 느꼈던 아이. 그 아이에게는 상대의 눈 밖에 나서는 안 된다는 강박이 마음 깊숙이 뿌리박혀 있던 것이었다. 결국, 남에게 싫은 소리 한마디 하지 못하고 무리한 부탁도 다 들어주며 힘들어도 내색하지 못하는 바보 어른으로 자라게 된 것이다.

이제는 '차마'의 굴레에서 많이 벗어났다. 대학 시절 '도를 아십니까?'라며 붙잡는 사람을 차마 거절하지 못해 그들의 아지트까지 따라갔던 나는 이제 신용카드를 만들어 달라거나 보험을 들어 달라는 부탁을 냉정하게 거절할 줄 아는 사람이 되었다. 미움받을까 봐 눈치 보면서 억지로 하기 싫은 일을 하는 경우도 현저히 줄어들었다. 하지만 이따금 내가 정말로 현명해진 건지 그저 영악해진 것뿐인지 혼란스러울 때도 있다. 존재 자체로 선하고 순수했던, 그래서 모두에게 무해하고 너그러웠던 과거의 내가 이제야 슬슬 예뻐 보이기 시작했기 때문이다.

세상에는 '차마' 거절할 수 없는 안타까운 사연들도 참으로 많다. 그러한 일들에는 차마 거절하지 못하는 마음이 꼭 필요할 수도 있는 것이다. 내가 남편과 헤어지지 못했던 것처럼 차마 거절하지 못했던 수많은 일들 속에는 어리석은 '차마'가 아닌 아름다운 '차마'도 섞여 있었을 것이다. 나의 양보와 배려에 누군가는 행복했을 테니 타인에 대한 선의는 굳이 참을 필요가 없는 게 아닐까? 내 안의 '차마'가 때때로 나를 힘들게 했을지라도 누군가의 가슴에 따뜻한 온기 한 줌 정도는 불어넣어 주었을 거라고 자위하면서, '차마' 거절하지 못했던 과거의 나를 따뜻이 안아 주려 한다.

차마, 헤어질 수 없었어.

어리석은 '차마'가 아닌 아름다운 '차마'도 있을 것이다.

미처, 알지 못했으니까

미처 • 아직 거기까지 미치도록

'미처'는 않다나 못하다 같은 부정문과 짝을 이루면서 어떤 지점에 도달하지 못했음을 뜻하는 부사이다. 우리는 눈앞에 있는 세상만을 바라보며 살아가고 있다. 한 치 앞도 모르는 게 인생이고, 열 길 물속은 알아도 한 길 사람 속은 모른다고도 하지 않던가? 아무리 두 눈을 크게 뜨고 온 마음을 다해 귀를 열고 있다 하더라도 살면서 미처 보지 못하거나 듣지 못한 채 놓쳐 버리는 일들은 생기기 마련이다.

'미처'란 단어를 두 손에 올려놓고, 내 곁을 스쳐 지나간 수많은 인연들에 대해 생각해 보았다. 특히 다시 만나지 못할 것을 모르고 무심히 뒤돌아섰던 사람들을 말이다. 그때 그 순간으로 돌아갈 수만 있다면 그들에게 꼭 해 줘야 할 말이나 행동이 있지는 않았을까? 하지만 이제는 모든 게 다 돌이킬 수 없는 과거가 되었을 뿐이다.

미처, 알지 못했으니까.

—

아빠가 심장 시술을 하고 입원해 있을 때, 나는 그다지 무겁지 않은 마음으로 병문안을 갔었다. 시술 후 부작용으로 몸이 약간 부어 있긴 했지만, 병원에선 별다른 문제가 없다고 했다. 잠시 병실에 머물다 돌아 나오면서 평소처럼 무미건조하고 시시한 인사 한마디를 건넸을 뿐이었다. 하지만 그날 이후로 다시는 아빠와 눈을 맞추지도 대화를 나누지도 못했다. 퇴원 후 느닷없이 응급실에 실려 간 아빠는 중환자실에서 온갖 기계를 매달고 의식 없이 누워만 있다 돌아가셨기 때문이다. 아빠를 향한 길고도 깊은 애증의 세월은 그렇게 예고도 없이 하루아침에 싹둑 잘려 나가 버리고 말았다. 망연해진 나는 아빠의 마지막을 '미처' 알아채지 못한 자식으로서의 어리석음을 오랜 시간 죄스러워해야만 했다.

고등학교 교사 시절, 수업을 들어가는 반에 참하고 예의 바른 남학생 한 명이 있었다. 출근길에 버스에서 만나 신나게 대화를 나누었던 기억이 지금도 머릿속에 생생하다. 유난히 어른스럽고 차분했던 그 아이를 마음속으로 아꼈다. 아이는 졸업하면서 명문 대학에 합격했고 나는 당연한 결과라며 함께 기뻐했다. 그런데 얼마 후 학교가 발칵 뒤집히고 말았다. 그 아이가 여자 친구를 살해했다는 믿기지 않는 소식이 들려왔기 때문이다. 그것도 우발적인 게 아니라 계획적인 살인이라고 했다. 도무지 받아들일 수가 없었다. 내가 알던 아이는 절대로 그런 짓을 저지를 사람이 아니었기 때문이다. 그 아이에게서 미처 보지 못했던 진실이 무엇인지 고민했다. 만약 그걸 볼 수만 있었다면 그 아이를 위해서 해 줄 말이나 도와줄 일이 조금이라도 있지 않았을까? 그 후로 오랫동안 나는 한 학생의 내면을 '미처' 읽어 내지 못한 교사로서의 부족함을 자책하곤 했다.

하지만 '미처' 알 수 없는 게 당연한 일이다. 살면서 깨달은 진실은 인생은 무자비한 운명의 장난에 속수무책으로 놀아나곤 한다는 것이었다. 며칠 전까지 보았던 제자가 하루아침에 오토바이 사고로 세상을 떠나 버린 것도, 새파랗게 젊은 대학교 후배가 느닷없이 돌연사한 것도 내겐 이해할 수도 받아들일 수도 없는 참담한 비극일 뿐이었다. 도대체 누가 앞날에 무슨 일이 일어날지를 알 수 있단 말인가? 나는 그렇게 '미처' 몰랐던 거라고 변명을 하면서 돌이킬 수 없는 지난날의 실수와 잘못들까지도 새까맣게 덮고 외면한 채 살아온 것이다.

그때는 '미처' 몰랐으나 지금은 알게 된 것들을 떠올리다 보면, 우리 가슴은 깊은 회한으로 멍이 들어 버린다. 진작 알았더라면 얼마나 좋았을까? 하지만 오늘도 나는 똑같은 실수를 무수히 반복하며 살아갈 것이다. 빛을 향해 날아드는 불나방처럼 위험을 '미처' 알지 못한 채 불구덩이 속으로 뛰어들 것이고, 마지막일지도 모를 순간임을 '미처' 깨닫지 못한 채 소중한 누군가의 곁을 무심히 스쳐 지나갈 것이다.

모두가 그렇게 먹먹한 변명을 하며 살아간다.
그때는 미처, 알지 못했으니까.

무심코, 하는 말에 무심해지지 마

무심코 • 아무런 뜻이나 생각이 없이

하루는 어린 아들에게 물었다. 뭐 떠오르는 부사 없어? 그러자 아들이 툭 던져 준 부사가 바로 '무심코'였다. 그날 이후로 '무심코'를 가슴에 품은 채 꽤 오랜 시간이 흘렀다. 이상하게도 '무심코'란 부사와 만나는 게 엄두가 나질 않아서였다. '무심코'가 그토록 부담스럽게 느껴졌던 이유는 무엇 때문이었을까? 나는 가만히 있을 때조차도 머릿속에 여러 개의 트랙과 목적지를 그려 두고 쉼 없이 뜀박질을 하는 사람이다. 그러니 사는 동안 '무심코' 하는 일들이 거의 없었던 거였다. 오히려 '무심코'에 대해 약간의 거부감을 품고 있었다. 타인이 무심코 저지른 행동이나 내뱉은 말에 상처받은 기억이 있기 때문이다.

하지만 '무심코'인 상태를 비난하거나 부정하고 싶지는 않다. 사람이 어찌 언제나 무심하지 않은 상태로만 살아갈 수 있단 말인가? '무심코'는 팍팍하고 갑갑한 일상에 작은 여백 같은 순간이 되어 주기도 한다. 누구라도 무심코 창밖을 내다볼 수 있고 무심코 거리를 걷다가 누군가와 눈이 마주칠 수도 있는 것이다.

무심코, 하는 말에 무심해지지 마.

—

무심無心은 감정이나 생각하는 마음이 없음 또는 속세에 전혀 관심이 없는 경지를 뜻하는 명사이다. 이 명사에 '~코'가 붙어 그러한 상태로 무언가를 할 때를 뜻하는 부사 '무심코'가 되었다. 오랜 세월 도를 닦은 이들의 경지 같기도 한 이 말을 우리는 일상생활에서 아무렇지도 않게 사용하고 있다. 흔들림 없는 득도의 상태를 뜻하는 게 아니라, 말 그대로 아무 생각 없이 멍하게 있다는 뜻으로 쓰는 것이다. 하지만 세상에 아무 생각도 의지도 없는 상태라는 게 존재하기는 할까? 아무것도 없다기보다는 무언가는 있되 스스로 인지하지 못하는 상태를 뜻하는 게 아닐까 싶다. 자기의 뜻이나 생각을 모르는 가운데 그저 흘러가는 대로 말하거나 행동하고 있을 때, '무심코' 한다고 말하는 것이다.

아침에 눈을 떠서 지금까지 내 곁을 지나간 순간들을 떠올려 본다. '무심코' 창밖을 내다보다가 창문에 맺힌 빗방울에 눈길이 잠시 머물렀다. 겨울을 머금은 봄비가 이별을 주저하는 오래된 연인의 눈물 같다는 생각을 했다. 거실 테이블에 앉아 '무심코' 주변을 둘러보았고 오늘따라 온화하게 웃고 있는 성모상이 눈에 들어왔다. 성모상의 위치가 십 도 정도 오른쪽으로 틀어져 있음을 발견했으나 그대로 내버려두었다. 평소처럼 노트북을 켰고 나는 '무심코' 이 글을 쓰기 시작했다. 모든 게 불안할 정도로 완벽하게 고요한 아침이었다.

이렇게 무심히 흘러가는 순간들이 나의 의지나 생각들과 만나 톱니바퀴처럼 뒤엉켜 굴러가면서 하루를 만들어 가는 것이다. 어쩌면 '무심코'인 순간은 사분의 사박자 셈여림표인 '강 약 중강 약' 중에서 '약'에 해당하는지도 모르겠다. 무언가를 향해 쉼 없이 달려가다가 한 번씩 쉬어 가는 순간들, 삶의 진실을 환기할 수 있도록 속도를 조율해 주고 마음의 세기를 조절해 주는 순간들 말이다. 그것이 '무심코'가 존재하는 이유 아닐까?

그런데 '무심코' 행하는 말이나 행동이 타인을 향할 때 문제가 생긴다. 사람들은 대체로 자신이 저지른 실수나 잘못을 두고 '무심코' 한 말이나 행동이었다고 변명하곤 한다. 하지만 이미 마음에 큰 상처를 입은 사람은 상대의 '무심코'를 이해하고 받아들이기가 무척 힘이 든 법이다. 어린 날 '무심코' 던진 아빠의 한마디에 내 영혼은 마른 장작처럼 바짝 말라붙어 버리고 말았다. "네가 공부라도 못했으면 키웠을 것 같아? 진작에 고아원에 갖다 버렸지." 그 말은 커다란 쇠말뚝이 되어 가슴에 박혔고 수십 년이 지난 지금까지도 여전히 빠지지 않고 남아 있다. 이제는 안다. 그 말은 단지 아빠의 술주정이었거나 '무심코' 내뱉은 말실수였다는 것을. 하지만 어린 시절의 나는 그러한 진실을 알 수 없었기에 아빠를 증오하는 일밖에는 할 수 있는 게 없었다. 이미 돌아가신 아빠에게 물어볼 수는 없지만, 아마도 아빠는 그런 말을 했는지 기억조차 하지 못할 게 분명하다.

그래서 '무심코'는 더더욱 조심해야만 한다. 누군가가 나 때문에 평생 아파할 수도 있고 그로 인하여 내가 끔찍한 죄인이 되어 버릴 수도 있는 거니까. 우리는 악의를 품고 한 험담이나 비난만이 잘못이라고 생각한다. 하지만 '무심코' 내뱉는 말이나 행동을 그보다 더 경계해야 할지도 모르는 일이다. 무방비한 상태에서 하는 말이나 행동이니, 고삐 풀린 망아지처럼 함부로 날뛰며 무참히 상대를 짓밟을 수도 있는 것이다.

양날의 검 같은 '무심코'. 생각보다 무심해지기 어려운 말이라서 오랫동안 글쓰기가 두려웠나 보다. 아들의 기억 속엔 어떤 '무심코'에 얽힌 상처가 새겨져 있을지 걱정스럽다. 아들이 이 부사를 건네준 것은 어쩌면 우연이 아닐지도 모르겠다. 나는 정신을 더 바짝 차리고 '무심코' 누군가를 아프게 할 말이나 행동은 하지 않으리라고 굳게 다짐해 본다.

무심코, 하는 말에 무심해지지 마.
누군가의 가슴을 짓밟을 수도 있는 거니까.

설마, 그 사람이 내게 그랬다고?

설마 • 그럴 리는 없겠지만. 부정적인 추측을 강조할 때 쓴다.

사람을 잘 믿는 편이다. 세상의 때가 타서 예전보다 의심이 늘긴 했지만 그래도 여전히 사람의 진정성을 믿으려 한다. 마음이 한결같을 수 없다는 건 잘 안다. 좋아하면서도 조금은 미울 때가 있고 마음에 안 드는 부분이 생겨 불편하기도 한 게 사람 마음이다. 좋아하는 마음과 싫어하는 마음이 우열을 가리기 힘들 정도로 엇비슷할 때도 있다. 때로는 싫어하는 마음이 숙성시킨 반죽처럼 커다랗게 부풀어 올라 도저히 외면하기 힘들어지기도 한다. 하지만 무슨 상관이겠는가? 말 그대로 보이지 않는 나만의 속내일 뿐이다.

다만 마음과 행동이 서로에게 투명하고 정직했으면 좋겠다. 마음 따로 행동 따로인 사람들에게 받은 상처는 종종 삶의 의욕을 심각하게 꺾어 버리기도 하기 때문이다. 타인의 두 얼굴을 목격하고도 도저히 믿기지 않을 때 우리는 '설마'라며 반문한다. 그리고 그런 일들을 반복적으로 겪다 보면 세상살이에 잔뜩 주눅이 들어 버리는 게 사실이다.

설마, 그 사람이 내게 그랬다고?

대학을 갓 졸업한 새내기 교사 시절이었다. 입시로 팍팍한 고등학교에서 나는 학생들에게 힘이 되어 주고 싶었다. 늘 학생들 곁을 맴돌면서 친구 같은 교사가 되려고 노력했다. 그러자 주변에선 나를 두고 '학교에서 학생들과 상담을 제일 많이 하는 교사'라는 칭찬인지 비난인지 모를 말을 하기 시작했다. 그때 나를 싫어하는 사람들이 있다는 것을 어렴풋이 눈치챌 수 있었다. 그러다 연세가 많은 교사 한 분과 짝이 되었다. 담임을 한 학급도 나란히 붙어 있었다. 컴퓨터나 각종 업무에 서툴렀던 그 분을 도와드렸고 그 반 아이들도 내 반 아이들 못지않게 예뻐하며 챙겼다. 나는 그분과 아주 좋은 관계라고 철석같이 믿었다. 그런데 어느 날 기가 막힌 이야기를 전해 듣게 되었다. 그분이 사람들한테 내 험담을 하고 다닌다는 것이었다. '설마, 그 사람이 내게 그랬다고?' 충격과 함께 커다란 배신감이 밀려왔다. 시간과 정성을 들여 그분을 도와줬던 일이 왠지 억울하기까지 했다.

사람이 두 얼굴을 할 수 있다는 사실에 깊은 상처를 받았다. 사회생활을 막 시작한 풋내기가 처음으로 사람을 믿는 슬픔이 무엇인지 배우게 된 사건이었다. 하지만 살다 보니 세상엔 그런 부류의 사람들이 의외로 많다는 것을 깨닫게 되었다. 감쪽같이 숨겨서 끝까지 모르고 지나가면 좋을 것을 어느 날 느닷없이 야누스의 얼굴을 한 사람이었다는 걸 알게 되면 커다란 실망과 함께 슬픔에 휩싸이게 되었다. 주로 가까이 지내면서 믿었던 사람들이 뒤통수를 치는 경우가 많았다. 나와 거리가 먼 사람들은 그런 짓을 하지도 않거니와 한다고 해도 내 귀에까진 들어오지도 않았을 것이다.

불과 몇 년 전에도 그런 사람을 만났다. 아주 좋아하고 아끼던 사람이었다. 상대도 내게 잘했고 나를 좋아하는 것처럼 보였다. 나는 또 보이는 대로 덜컥 사람을 믿어 버렸다. 그런데 그 사람도 안 보이는 데서 험담을 한다는 걸 알게 되었고 그 사실이 들통나자 대놓고 나를 인신공격하기까지 했다. 그 사람에게 화가 난다기보다 사람 하나 제대로 볼 줄 모르는 나 자신이 한심하고 모자라 보였다. 결론은 과거의 그 교사도 몇 년 전에 만난 그 사람도 그냥 내가 싫었던 거였다.

부처님도 말씀하셨다. 세상 누구든 어딘가에선 누군가의 노여움을 사고 있으며 험담을 듣는 것 또한 당연한 일이라고. 그래도 이런 일을 반복적으로 겪다 보면 사람을 대하는 마음이 위축되고 인간관계에 겁이 나기 마련이다. 수많은 진실한 사람들까지도 색안경을 끼고 보면서 한 발짝 뒤로 물러나 간을 보게 되는 것이다. 그것은 인생을 참으로 씁쓸하고 외롭게 만드는 일이다.

소시오패스라는 말이 수년 전부터 유행했다. 험담을 지나치게 하거나 자신의 힘으로 상대를 사람들로부터 고립시키거나 따돌리려고 하는 행동은 소시오패스의 대표적인 특성에 해당한다고 한다. 이제는 험담을 심하게 하는 사람은 아무리 친절해도 일단은 멀리하자는 나만의 생존 방식을 터득했다. 험담이 상대에 대한 심각한 모함이나 모욕으로까지 치닫는 사람들이 있다. 그것도 자기 가족이나 친구, 가까이 지내는 지인에 대해 그렇게 함부로 말한다면 그는 무조건 경계해야 할 위험한 사람이라고 생각한다.

나는 평범한 사람이다. 좋으면 좋은 대로 싫으면 싫은 대로 적당히 마음을 숨기거나 표현하면서 산다. 적어도 싫은 사람과 일부러 가까이 지내지는 않으며 사회적 친절 이상의 호감을 보여 내 편으로 만들려고 노력하지는 않는다. 가까이 지내는 사람에 대해 지나친 험담도 하고 다니지 않는다. 대부분이 나와 비슷하게 살아가고 있을 거라고 믿는다. 미드라쉬는 '험담은 세 사람을 죽이는데 험담하는 자, 험담의 대상자, 듣는 자'라고 했다. 험담의 세계와 사람을 믿는 슬픔은 정비례하는 듯하다. 험담이 많으면 많아질수록 험담하는 이도 험담의 대상이 되는 이도 외로워질 뿐이고, 그런 사람들과 어울려 살아가야 하는 세상 역시 더욱 슬퍼지기만 할 테니까.

설마, 그 사람이 내게 그랬다고?
험담을 듣는 것은 슬프지만 피할 수 없는 일이다.

혹시, 내가 뭘 잘못한 건 아닐까?

혹시 • 그러할 리는 없지만 만일에
• 어쩌다가 우연히
• 짐작대로 어쩌면
• 그러리라 생각하지만 다소 미심쩍은 데가 있어 말하기를 주저할 때 쓰는 말

저녁을 먹는 내내 그의 표정이 차갑게 굳어 있다. 혹시 내가 뭘 잘못한 건 아닐까? 그녀와 며칠째 통화가 되지 않고 있다. 혹시 나한테 화가 나 있는 건 아닐까? K는 수시로 걱정한다. 혹시 자기가 관계를 망쳐 버린 건 아닌지 두렵기만 하다. 하지만 아무리 생각해 봐도 무엇을 잘못했는지 도무지 알 수가 없다. 시간을 과거로 되돌려 수없이 반복 재생해 보지만, 분명한 건 아무 일도 일어나지 않았다는 사실이다. 그런데도 달라져 버린 그와 그녀의 태도에 K의 촉수는 민감하게 반응하고 있다.

자기 탓일지도 모른다는 '혹시'는 점점 몸집을 키우다 어느새 '틀림없이'로 변해 버린다. K는 불안 속에서 안절부절못하고 발을 동동거린다. 밤새 잠도 제대로 자지 못한다. 그런데 다음 날이 되자 그의 표정이 어제와 달리 부드럽게 변해 있다. 마침 그녀로부터도 전화가 걸려 온다. 아무 일 없다는 듯 상냥한 목소리이다. 그제야 K는 깊은 안도의 한숨을 내쉰다.

'그래, 내가 뭘 잘못한 것은 아니었나 봐.'

K와 비슷한 사람들이 있다. 강도의 차이는 있지만 나 역시 같은 부류에 속한다. 끊임없이 타인의 눈치를 보며 산다는 것은 참으로 피곤하고 소모적인 일이다. 하지만 불안이 많은 사람은 K와 같은 오류에 자주 빠져 버리곤 한다. 그럴 리 없다는 걸 알면서도 계속해서 자기에게로 책임의 화살을 돌리려 하는 것이다. 해묵은 마음의 습관 탓이다. '혹시'는 어쩌다가 우연히 일어난 일에 쓰기도 하지만, K처럼 매사에 불안해하거나 의심스러워할 때 사용하는 부사이기도 하다.

혹시, 내가 뭘 잘못한 건 아닐까?

나는 불안이 많은 사람이다. 불안은 다양한 양상으로 삶을 가로막곤 했다. 일단 자기에 대한 확신과 자신감이 부족하다. 나의 능력이나 재능을 인정받는 순간에도 스스로 못나고 부족하다고 생각하는 편이다. 글을 쓰기 전에는 나같이 평범한 사람은 글을 쓸 자격이 없다고도 생각했다. 내면에서 흘러나오는 말을 글로 옮기는 일에 무슨 특별한 자격까지 필요했던 것일까? 신춘문예 당선 소식을 듣고도 기쁘다기보다는 '혹시 뭐가 잘못된 건 아닐까?' 하며 한동안 불안해했다. 그렇게 나는 스스로 능력을 깎아내리거나 의심했고 내가 이루어 낸 성과조차도 곧이곧대로 믿지를 못했다.

불안이 많은 사람은 인간관계에서도 자주 을이 되곤 한다. K처럼 모든 관계의 문제를 자기의 실수나 잘못 탓으로 돌리는 습성이 있기 때문이다. 내가 한 말이나 행동, 내가 품은 마음 어딘가에 '혹시' 엄청난 실수나 돌이킬 수 없는 잘못이 있지는 않은지 끊임없이 걱정하는 것이다. 때로는 나의 잘못을 다그치고 몰아세우는 사람 앞에서 '네가 그렇게 생각한다면 내가 잘못한 거겠지. 미안해.'라며 먼저 사과해 버리는 쪽을 선택하기도 한다. 하지만 비굴했던 순간이 지나고 나면 상처받고 무너진 자존심으로 인해 오랜 시간 혼자 고통스러워해야만 했다.

그런 내가 달라지기 시작한 건 얼마 되지 않았다. 여전히 불안이 많고 극도로 예민한 편이지만 이전보다는 당당해지고 자신감도 생겼다. 일레인 N. 아론은 《타인보다 더 민감한 사람》이란 책에서 민감한 사람들이 지닌 장점과 잠재력에 대해 놀라울 정도로 세밀하게 분석하고 예찬했다. 그들이 지닌 부정적인 면에 주목하기보다는 섬세함과 배려심, 예술성 등에 초점을 맞추어 바라본 것이다. 매사에 '혹시' 하며 의심하는 나 같은 사람에겐 정말로 큰 도움이 된 책이었다. 오래된 마음의 편향은 좀처럼 바뀌지 않기 때문이다. 그러니 불안을 삼키고 예민하게 살아가는 이들에겐 끊임없이 '혹시'가 지닌 미덕을 되새겨 줄 필요가 있다.

'혹시'를 품고 사는 사람들의 미덕은 무엇일까? 우선 언제 닥칠지 모를 위기 상황을 민감하게 알아채기 때문에 사전에 대비하여 모면할 수가 있다. 불안이 많은 사람은 준비성이 철저한 완벽주의자인 경우가 많다. 최대한 모든 걸 미리미리 준비하고 계획하고 확인해야 마음이 놓인다. 그러니 쓸데없는 실수가 적어지고 아무리 바쁘더라도 해야 할 일들을 차근차근 다 해낼 수가 있는 것이다.

또 '혹시' 하면서 끊임없이 상대의 눈치를 보기에 남들보다 배려도 잘하는 편이다. 상대의 기분이나 태도를 관찰하는 일에 열중하다 보니 그에게 필요한 것이 무엇인지 쉽게 알아챌 수밖에 없다. 민감하기에 가능한 일이다. '혹시 내가 뭘 잘못한 건 아닐까?'라는 걱정은 못난 자기 비난에 그치는 게 아니라 상대에 대한 아름다운 배려의 마음이기도 한 것이다.

불안하고 예민한 이들은 예술가가 될 소질도 많다. 세상의 모든 것들이 주는 자극에 오감이 모두 예리하게 반응하기 때문이다. 생물이든 무생물이든, 인간이든 아니든 주변의 모든 존재가 불안을 일으키는 요소가 될 수 있다. '혹시'가 수시로 내면을 어지럽히고 뒤흔들어 놓는 것이다. 하지만 이런 미세한 떨림이 영감이 되고, 때로는 사랑이 되고, 더 나아가 예술이 되기도 하는 것이다.

상대의 마음을 잘 알아주고 작은 것들까지도 세심히 배려해 주면서 자기 일을 티 내지 않고 실수 없이 해내는 사람이 있다면, 아마도 그는 '불안이 많고 예민한 사람'일 가능성이 크다. 혹시 그런 사람이 당신 앞에서 막연히 불안에 떨고 있다면 이렇게 안심시켜 주면 좋겠다.

혹시, 내가 뭘 잘못한 건 아닐까?
아니야, 너라면 분명 그러지 않았을 거야.

괜히, 싫을 수도 있는 거야

괜히 • 아무 까닭이나 실속이 없게

인생을 유쾌하고 긍정적으로 살아가는 사람들이 있다. 진지하지만 무거워지지 않고 슬프지만 어두워지지 않으며 재미있지만 가벼워지는 않는 사람, 그런 사람이 지닌 삶의 태도를 본받고 싶다. 세상을 바라보는 여유롭고 너그러운 시각은 갑갑한 인생을 한결 더 살 만하게 만들어 주기 때문이다.

"저에 대해 잘 알지도 못하면서 괜히 저를 싫어하고 비난하는 사람들 때문에 너무 힘들어요."

"그래? 근데 너를 좋아하는 사람들도 있잖아. 그 사람들은 무슨 특별한 이유가 있어서 널 좋아하는 거니? 너에 대해 잘 알지도 못하면서 '괜히' 좋아하는 거잖아. 그러니까 서로 퉁쳐."

한 나이 많은 여자 연예인이 젊은 여자 연예인에게 해 준 조언이었다. 그녀의 말이 참으로 화통해서 듣는 나까지도 속이 시원하게 뚫리는 것 같았다. '괜히'는 이유가 없거나 실속이 없을 때 붙여 쓰는 부사이다. 하지만 살다 보면 알게 된다. 인생의 숱한 일들이 '괜히' 일어나기도 한다는 것을. 그런데도 우리는 '괜히'에 고통받고 절절매는 경우가 참으로 많다. 그야말로 '괜히' 말이다.

괜히, 싫을 수도 있는 거야.

사람들은 자주 한쪽 면만을 바라보고 산다. 주로 주는 것보다는 받는 것에 신경이 곤두서고, 칭찬보다는 비난에 예민해지는 것이다. '왜 그럴까?'라는 물음에는 대부분 부정적인 것에 대한 의심과 불만이 내재해 있는 경우가 많다. '그 사람은 왜 내게 함부로 대할까?'를 고민하는 사람은 많아도 '그 사람은 왜 내게 친절할까?'를 궁금해하는 사람은 많지 않다는 것이다. 나를 싫어하거나 비난하는 사람을 만나면 '괜히 왜 저래?'라며 상처받고 가슴앓이하기 마련이다. 하지만 '괜히' 나를 좋아하는 사람이 있듯이 '괜히' 나를 싫어하는 사람도 있는 법이다. 그러니 결국 손해 보는 것이 없다고 생각하고 퉁쳐 버리면 그만인 것이다.

사실 좋거나 싫은 감정에는 논리적인 이유를 대기 어려울 때가 많다. '괜히'라고 할 수밖에 없을 만큼 설명할 수 없는 감정들이 마음속에서 복잡하게 일어나기 때문이다. 요즘은 심리학의 과잉 시대이다 보니 마음속에서 일어나는 온갖 현상에 이런저런 심리학 용어를 가져다 설명하기도 한다. 급기야는 무의식의 세계까지 소환하여 보이지 않는 심리 기저에 무엇이 깔려 있는지 파악하려 든다. 하지만 평범한 일상의 순간들 속에서 자기의 마음을 그렇게까지 낱낱이 분석하면서 산다는 건 불가능에 가깝다.

결국, 삶에서 일어나는 다양한 감정들은 이유가 있는 것들도 있지만 별다른 이유 없이 '괜히' 일어나는 것들도 꽤 많다. 불투명한 감정들이 어지럽게 뒤범벅이 되어 자신의 마음조차 뭐가 뭔지 잘 모르는 상태로 살아가는 것이다. 그런데 이 좋고 싫음의 대상이 사람일 때 문제가 생긴다. 괜히 좋아지는 사람이 있듯이 반대로 괜히 싫어지는 사람도 있기 때문이다. 그래서 내 감정이 때로는 타인에게 상처를 주는가 하면, 타인의 감정으로 내가 상처를 받기도 한다. 이왕이면 좋은 사람들과 기분 좋은 감정만 주고받으며 살고 싶지만 그게 말처럼 쉽지 않다. 게다가 자신의 감정을 명확히 드러내지 않는 사람 앞에 있으면 상대의 마음은 언제까지나 뿌연 안갯속일 뿐이다.

정현종 시인은 '사람들 사이에 섬이 있다.'라고 했다. 사람과 사람은 서로에게 영원히 닿을 수 없는 존재인 것이다. 하지만 죽을 때까지 사람들 속에서 어울려 살아야 하는 게 우리의 운명이기도 하다. 그러니 상대의 괜히는 말 그대로 '괜히'일 뿐임을 받아들여야 한다. 나의 '괜히'를 다 이해하지도 못하면서 어찌 남의 '괜히'까지 알려고 드는가? 나이 든 여자 연예인의 명쾌한 조언이 더욱 마음에 와닿는 이유이다.

"그러니까 서로 퉁쳐!"

'괜히'에 상처받을 필요도 자책할 필요도 없이 말이다.

타인의 마음을 모르는 건 당연한 일이다. 마른 우물처럼 텅 비어 있는 마음속에서 억지로 이유를 퍼내려고 하거나, 모르는 걸 알아내려고 안간힘을 쓰며 힘 빼지는 말자. '괜히' 나를 좋아해 주고 '괜히' 나를 도와주는 기적 같은 사람들에게 감사하며 살아가기에도 모자라는 인생이다.

'괜히' 나를 싫어하고 비난하는 사람들은 시원하게 퉁 쳐서 마음 밖으로 멀리 날려 버리는 연습을 하자.

괜히, 싫을 수도 있는 거야.
괜히, 좋기도 하잖아.
그러니까 서로 퉁쳐.

솔직히, ‘함부로’가 될 수도 있잖아요?

솔직히 • 거짓이나 숨김이 없이 바르고 곧게
함부로 • 조심하거나 깊이 생각하지 아니하고
마음 내키는 대로 마구

나는 솔직하지 못한 편이다. 싫어도 싫다고 대놓고 말하지 못하고 아니어도 아니라고 단도직입적으로 부정하지 못한다. 솔직함의 장점도 있지만, 단점도 많다고 생각하기 때문이다. 마음껏 자기의 생각이나 감정을 가감 없이 표출하고 나서는 일그러진 상대의 얼굴에 대고 스스로 ‘뒤끝 없는 사람’이라며 자랑스럽게 말하는 사람들이 있다. 그런 사람들의 뻔뻔함을 도저히 받아들일 수가 없다. 할 말을 다 했으니 뒤끝이 없는 게 당연한 거 아닌가? 하지만 그가 쏜 솔직함의 화살에 맞아 피 흘리고 있는 상대는 어쩌면 그 상처로 평생 고통받게 될지도 모르는 일이다.

호불호를 직접 표현하지 않는 태도가 누군가에겐 음흉해 보일지도 모르겠다. 하지만 진실로 나는 솔직한 것과 그렇지 못한 것 중 어느 쪽이 더 나은지를 모르겠다. 물론 악의를 품고 진실을 의도적으로 숨기는 건 나쁜 일일 것이다. 하지만 그 밖의 상황에서는 진심을 숨김없이 드러내는 게 능사는 아니라고 생각한다. ‘솔직히’는 미덕도 되지만 자칫하면 ‘함부로’ 휘두르는 잔인한 무기가 되어 버릴 수도 있기 때문이다.

솔직히, '함부로'가 될 수도 있잖아요?

세상에 태어나서 죽을 때까지 가장 어려우면서도 중요한 것은 사람과 사람 사이의 관계 맺음일 것이다. 태어나자마자 만난 부모, 자라면서 사귀게 된 친구, 사랑하는 연인, 긴 세월을 함께 사는 배우자, 하루 중 대부분을 함께 지내는 직장 동료, 수십 년을 키워야 하는 자식까지 인생은 처음부터 끝까지 수많은 사람과의 얽히고설킴으로 이루어져 있다. 그러니 인간관계를 얼마나 잘 맺고 아름답게 가꾸느냐가 행복한 삶의 필수조건인 것은 당연하다.

살면서 만난 사람 중에서 유독 나를 힘들고 고통스럽게 했던 사람은 누구였을까? 곰곰이 생각해 보면 대체로 '솔직함'을 자신의 장점으로 당당하게 내세우는 사람들이었다. 그런 사람들은 어디에나 꼭 있었다. 그들은 내게 솔직했을 뿐이라고 주장했지만, 나는 그들이 솔직한 게 아니라 '함부로'라고 느끼기 일쑤였다. 각자가 받아들이는 언어의 온도는 그렇게나 천양지차인 것이다.

진실을 밝히거나 정의를 지키기 위해 솔직함이 꼭 필요할 때도 있다. 나에게 닥칠 위험이나 희생을 감수하면서까지도 솔직해지기 위해선 커다란 용기가 필요하다. 내부 고발자가 되어 조직의 비리를 밝힌다던가, 범죄의 목격자가 위험을 감수하고서라도 증언을 하는 것 등이 그런 경우일 것이다. 그것은 타인에 대한 솔직함이 아니라 '자기 자신의 양심에 대한 솔직함'을 의미하는 경우가 더 많다. 거짓을 등지고 진실을 향해 나아가기 위한 용기 있는 발걸음은 어찌 보면 숭고해 보이기까지 하다. 하지만 이렇게 존경스러운 솔직함을 지닌 사람들은 주변에 흔하지 않다.

대부분의 솔직한 사람들은 그 방향이 상대를 향할 때가 더 많다. 그런 사람들일수록 언제나 말과 행동이 '함부로'로 전락하지 않을지 신중히 고민해야만 한다. 모로코 속담에 '말이 입힌 상처는 칼이 입힌 상처보다 깊다.'라고 했다. 실제로 몸에 난 상처는 세월이 흐르면 아물고 언제 어떻게 다쳤는지 기억조차 흐릿해지지만, 누군가의 말에 입은 상처는 오래도록 살아서 끊임없이 새롭게 마음을 괴롭히기도 한다. 그래서 타인에 대한 '솔직히'는 경계해야 할 위험한 태도인 것이다.

이따금 나도 솔직해지고 싶을 때가 있다. 생각이나 감정을 거리낌 없이 마음껏 내뱉고 싶어 입이 근질근질해지는 것이다. 하지만 사막 위의 모래바람처럼 분분히 일어나는 말들을 가만히 응시하며 기다리기로 한다. 그러면 이내 먼지가 가라앉고 눈앞이 차츰 환하게 밝아져 오는 게 보인다. 그때까지는 입 밖으로 아무 말도 나가지 않도록 참고 또 참아 보는 것이다. 하고 싶었던 말들이 꼭 해야만 하는 말은 아니었음을 깨닫게 되는 순간, 모든 말들은 허공으로 흩어져 흔적도 없이 사라져 버리고 말 테니까. 솔직함이 주는 후련함보다 하고 싶은 말을 참는 인내가 주는 뿌듯함이 훨씬 더 가치 있다고 믿는다. 나는 진실로 어디까지가 '솔직히'이고 어디서부터가 '함부로'인지 알지 못하기에 오늘도 도돌이표 같은 물음들 속에서 말을 삼키고 있다.

솔직히, '함부로'가 될 수도 있잖아요?
솔직함이 누군가의 심장을 겨냥한 화살이 되지는 않기를

갑자기, 그러는 건 싫어요

갑자기 • 미처 생각할 겨를도 없이 급히

'임기응변'이라는 말이 있다. 그때그때 처한 상황에 맞추어 즉각 그 자리에서 결정하거나 처리한다는 뜻이다. 임기응변에 능한 사람을 볼 때면 나도 모르게 입이 쩍 벌어지곤 한다. 어떤 상황에서든 크게 당황하지 않고 세상을 주무르는 듯 거침없이 말하고 행동하는 사람은 마치 무대 위의 주연배우 같다. 하지만 나는 전혀 그러지 못한다. 뜬금없는 질문에 진땀이 나고 느닷없는 상황에 안절부절못하며 '갑자기' 앞에서 수시로 머릿속이 백지가 되어 버리곤 한다.

뭐든지 미리미리 준비해야 마음이 놓이는 편이다. 의뢰받은 원고가 있으면 마감일이 되기 수일 전에 써 놓아야 하고 약속 시각에 딱 맞추어 가기보다는 조금이라도 일찍 도착해서 기다리는 게 불안하지 않다. 브런치 스토리에 연재 글을 발행할 때에도 한 개의 글을 발행하고 나면 홀가분해지는 게 아니라 다음번 글에 대한 걱정으로 금세 숨이 막혀 오곤 했다. 정해진 약속은 지키지 못할까 봐 걱정하고 돌발적인 상황에 대해서는 감당하기조차 버거워한다. 갑자기 생긴 약속, 갑자기 들이닥친 업무, 갑자기 다가오는 사람, 갑자기 일어나는 사고 등 그 어떤 것도 좋아하지 않으며 그 순간 무엇을 어떻게 해야 할지 몰라 난감해한다. 나는 늘 마음의 예열이 필요한 사람이다.

갑자기, 그러는 건 싫어요

요즘은 사람의 성향을 파악할 때 MBTI 유형이 무엇인지 묻는 경우가 많다. MBTI는 마이어스와 브릭스가 고안한 성격 유형 검사로 총 열여섯 가지로 사람의 성격을 분류해 놓은 것이다. 나는 그중 INFJ에 해당하는데 주로 J 성향의 사람들이 '갑자기'를 힘들고 부담스러워하는 경향이 있다. J는 판단형으로 계획적이고 체계적인 생활 방식을 선호하며, 일정과 목표에 맞춰 행동하려 한다. 그래서 충분한 시간만 주어진다면 차분히 해야 할 일들을 하나하나 처리해 나갈 수가 있다. 사랑에 대해서도 마찬가지이다. 첫눈에 사랑에 빠진다는 말은 왠지 거짓말처럼 느껴진다. 친구든 연인이든 화선지에 먹물이 스미듯 서서히 가까워지는 걸 선호한다. 하지만 세상에는 '갑자기' 일어나는 일들이 생각보다 많다. 그리고 그것이 삶의 지축을 송두리째 뒤흔들 만큼 중대한 사건인 경우도 있다. '갑자기'는 아무리 부담스러워도 외면할 수만은 없는, 인생의 숙제 같은 부사이다.

남편은 약속 시각에 느긋한 편이다. 연애 시절, 상영 시간 목전에 영화관으로 달려 들어간 일이 수도 없이 많았다. 처음엔 그게 너무 싫고 이해할 수 없었다. 왜 미리 가지 않는 것일까? 어째서 갑작스러운 돌발 상황에 대비하지 않는 것일까? 하지만 너무 일찍 가서 한 시간 가까이 기다리기만 하는 나의 행동 역시 답답하기는 마찬가지였다. 일어나지도 않은 '갑자기'를 걱정하고 대비하느라 소중한 시간을 너무 많이 허비해 버렸기 때문이다. '갑자기'에 대한 경기에 가까웠던 거부감은 불안에서 비롯된 것이었다. 남편과 오랜 세월 함께 살면서 나는 계속해서 마음속으로 되뇌었다.

'조금 느긋해져도 괜찮아. 갑자기 일어나는 안 좋은 일은 생각보다 많지 않아.'

실제로 갑자기 들이닥치는 불상사는 별로 없었다. 이제 우리는 늦지도 이르지도 않은 적당한 시간에 약속 장소에 도착하곤 한다. 양극단에 있던 두 사람이 만나 도달한 지금의 타협점이 어쩐지 싫지 않다.

아이러니한 것은 '갑자기'를 그렇게 싫어하면서도 어느 날 '갑자기' 일어난 마음의 충동에는 꼭두각시처럼 끌려다닌 적이 많았다는 사실이다. 어느 날 어느 순간 '갑자기' 보고 싶고, 가고 싶고, 먹고 싶은 것들이 생기는 걸 어쩌겠는가? '갑자기' 보고 싶은 그 사람은 나를 불청객으로 느낄 수도 있고, '갑자기' 가고 싶은 그곳은 가기에 너무 멀 수 있으며, '갑자기' 먹고 싶은 그 음식은 하필 식당이 휴무라 구할 수 없을 수도 있다. '갑자기'의 강렬한 충동과 유혹은 그렇게 현실에 의해 좌절되기도 하고 때로는 아슬아슬하게 충족되기도 하면서 삶 속으로 깊숙이 파고드는 것이다.

외부로부터 들이닥치는 '갑자기'는 끔찍이 싫어하면서 내부로부터 일어나는 '갑자기'는 왠지 용서되기도 하다니 참으로 이율배반적이지 않은가? 하지만 이것이 어쩔 수 없는 인간의 한계인 것도 같다. 인간은 때때로 이해할 수 없는 양면성 속에서 묘한 행복을 느끼는 이기적이고 부조리한 존재이니까. 오늘도 나는 '갑자기' 일어나는 일들을 경계하면서 살아가고 있다. 되도록 한 발 한 발 단단한 땅만 찾아 걸으며 삶이 안전지대 위에 머무르기를 바란다. 갑자기 돌부리에 툭 걸려 넘어지거나 웅덩이에 푹 발이 빠져 버리는 일 따위는 일어나지 않기를 소망하면서 말이다. 그런데 한편으로는 '갑자기' 그리웠던 누군가에게 전화를 걸고도 싶고, 먹지도 못하는 술을 미친 듯이 마셔 보고도 싶고, 아무런 계획도 없이 어딘가로 훌쩍 떠나 버리고 싶기도 하다. 참으로 모순 덩어리인 나지만 그래서 인생은 지루하지 않은 거 아니냐며 멋쩍게 머리를 긁적인다. 그렇게 오늘도 나는 조금씩 나와 타협하면서 살아가고 있다.

갑자기, 그러는 건 싫어요.
그러면서도 '갑자기' 일어난 충동에 끌려다니기도 하는 게 인생이다.

잠시, 기다려

잠시 • 짧은 시간에

국립국어원 사이트에는 이런 질문과 답변이 나온다.

Q '잠시'가 '짧은 시간'이라면, 그 짧은 시간이란 도대체 얼마 동안을 말하는 건가요?

A 이 말이 쓰이는 상황이나 맥락, 그리고 말하는 이와 듣는 이의 심리적 태도에 따라 달리 해석될 여지가 있는 것이므로, 단적으로 수량화하여 나타내기는 어렵습니다.

나의 '잠시'와 너의 '잠시'가 상황에 따라 다르게 느껴질 수도 있다는 말이다. 좋은 일엔 '잠시'가 아쉽고 빠르기만 한 시간일 테고, 나쁜 일엔 '잠시'가 견디기 힘들 정도로 긴 시간일 것이다. 그래서 너무 빨리 지나가 버린 일에 대해서는 '눈 깜짝할 사이에'라는 말로 강조하고, 생각보다 긴 시간에 대해서는 '한동안'이라는 말로 바꾸어 표현하기도 한다. '잠시'란 아주 짧지도 길지도 않은 애매한 시간을 뜻하는 부사이기 때문이다.

잠시, 기다려.

——

돌이켜 보건대 '잠시'라는 말을 가장 많이 한 건 아들한테였다. "잠시 기다려. 엄마가 이것만 하고 갈게!" 아이가 아홉 살이 되도록 나는 자주 아이를 기다리게 했다. 워킹맘일 때는 퇴근 후 집에 돌아오면 해야 할 일이 산더미처럼 쌓여 있었고, 휴직 중인 지금도 아픈 엄마 병간호와 살림 그리고 원고 집필까지 시간이 모자라긴 마찬가지이다. 그래서 나는 '잠시'라는 눈깔사탕을 아들의 입에 물려 주고는 단물이 다 녹아 없어져 쓴물이 나올 때까지도 아들을 기다리게만 하는 양치기 엄마가 된 것이다. 이젠 아들도 눈치를 챈 듯하다. 엄마가 말하는 '잠시'와 자기가 생각하는 '잠시' 사이에는 엄청난 거리가 있다는 것을.

시간은 돈만큼이나 한정적이다. 내게 주어진 스물네 시간은 어떻게 사용하는지와는 무관하게 모래알처럼 스르륵 손가락 사이로 빠져나가 버린다. 장자는 극구광음隙駒光陰이라는 말을 써서 세월은 망아지가 뛰어 지나가는 걸 문틈으로 보는 것 같이 빠르고 덧없이 흘러간다고 하였다. 지나고 보니 내 삶도 〈귀천〉에서처럼 '잠시' 아름다운 소풍 다녀온 듯 순식간이었다. 이렇게나 짧고 허무한 생에서 사랑하는 사람과 함께하는 '잠시'에 모든 걸 제쳐 놓고 달려가지 못한 건 대체 무엇 때문이었을까?

흘러가 버린 시간을 안타까워하면서도 나는 늘 중요한 일보다는 해야 할 일에, 가치 있는 일보다는 급한 일에 더 전전긍긍하면서 살아왔다. 그러면서 소중한 것들을 '잠시'라는 말로 보이지 않게 슬쩍 덮어놓고 유보해 버리곤 했다. 그런데 아는가? 누군가에게는 '잠시'인 줄로만 알았던 이별이나 유보가 영원이 되어 버리기도 한다는 것을.

이적의 〈거짓말 거짓말 거짓말〉이란 노래가 있다. 무심히 흘려들었을 땐 사랑하는 연인과 이별한 슬픔을 노래한 것인 줄로만 알았다. 하지만 가만히 가사에 귀 기울여 보면 '버림받은 아이'의 애처로운 독백이 들려온다. 아이는 잠시 뒤에 돌아올 거라며 떠난 엄마를 찬 바람에 온몸이 얼어붙을 때까지 하염없이 기다리고 있다. 하지만 엄마의 '잠시'는 돌이킬 수 없는 거짓말이 되어 버리고 버려진 아이는 밤이 깊도록 어둠 속에 혼자 웅크리고만 있다. 이 가엾은 아이를 만나고부터 노래를 들을 때마다 가슴속으로 시린 칼바람이 휘몰아치는 것 같았다.

어린 날, 나의 엄마도 하루아침에 사라졌었다. 나는 그런 엄마를 매일매일 기다리기만 했다. 말없이 떠난 엄마는 돌아올 때도 아무런 말이 없었다. 마치 그간 아무 일도 일어나지 않았던 것처럼. 그러니 엄마가 내게 거짓말을 한 건 아니었다. 몇 달이었는지 물리적인 시간의 길이도 정확히 기억나지는 않는다. 아마도 엄마 자신은 그때가 인생의 아주 '잠시'였을 뿐이라고 생각할지도 모르겠다. 하지만 내 영혼은 절망의 나락 속으로 빠져 버렸고 엄마의 '잠시'에 숨이 멎은 채 새하얗게 얼어붙어 버렸다. 엄마를 그리워하고 그리워하다 결국엔 미워하게 되었고 돌아온 엄마가 미치도록 반가웠지만 끔찍하게 원망스럽기도 했다. 엄마의 '잠시'가 결단코 내겐 영원이었던 거다.

그랬던 내가 '잠시'를 짧고 대수롭지 않은 시간이라고 여긴 것이다. 비단 아들뿐만 아니라 사랑하는 사람 모두에게 나는 오랫동안 거짓말쟁이였을지도 모르겠다. 내가 돌아봐 주기를 혹은 돌아와 주기를 한결같이 기다리고 있을 누군가에게 나의 '잠시'는 눈앞이 캄캄한 영원이었건만 그걸 모르는 척해 온 것이다. 이런 생각이 들자 '잠시'라고 말하는 게 갑자기 두려워졌다.

오늘도 아들은 눈을 뜨자마자 엄마를 부른다. 남편의 어두운 눈동자도 내 그림자를 뒤쫓는다. 아픈 엄마는 시도 때도 없이 나를 찾는다. 지친 나는 마구 고함이라도 지르고 싶어진다. "잠시 기다려." 하지만 입 밖으로 터져 나오려는 말을 다급히 손으로 틀어막는다. 사랑하는 사람에게 달려가는 '잠시'는 어쩌면 세상에서 가장 절실한 영원일지도 모르는 일이니까.

잠시, 기다려.
나의 '잠시'가 부디 돌이킬 수 없는 영원이 되지는 않기를

오직, 너뿐이야

오직 • 여러 가지 가운데서 다른 것은
있을 수 없고 다만

'오직 너뿐이야.'라는 말은 가까운 이로부터 한 번쯤은 들어 봤을 법한 말이다. 나는 이 말을 그다지 좋아하지 않는다. 자신이 좋아하는 소설에 광적으로 집착해 소설가를 감금했던 〈미저리〉의 여주인공처럼 무섭고 섬뜩한 면을 지니고 있기 때문이다. 그런데도 사람들은 종종 이 말을 듣고 싶어 한다. 연인이나 부모, 친구에게 듣는 이 말은 그들의 나에 대한 사랑이 얼마나 큰지를 확인시켜 주고, 직장에서 듣는 이 말은 나의 능력이나 존재 가치를 인정해 주는 듯해서 내심 기분이 좋아지는 것이다. 왠지 내가 다른 사람들보다 특별하다는 착각에 빠져들게도 한다. 하지만 이는 마음이 가난한 자들이 빠지기 쉬운 덫이자 타인의 인정과 사랑에 목마른 자들이 걸려드는 잔인한 거미줄이나 마찬가지이다. '오직'은 사랑이 아닌 집착일 수 있으며, 믿음의 증표가 아닌 지배의 무기가 될 수도 있기 때문이다.

오직, 너뿐이야.

—

나는 외동딸이다. 그래서인지 태어나서 지금까지 '오직, 너뿐이야.'라는 말을 귀가 닳도록 들어왔다. 문제는 '오직 너만을' 깊이 사랑한다는 의미로가 아니라, '오직 너뿐이니' 네가 모든 걸 책임지고 더 잘해야 한다는 의미로였다. 내게 지워지는 부담감과 책임감이 너무 커서 외동딸인 것이 저주처럼 느껴지던 날들도 있었다. 그것은 평생을 따라다니는 굴레였고 '오직'의 감옥 안에서 한 발짝도 나가 본 적은 없었다. 그리고 부모님 역시 의도하든 의도하지 않았든 내 삶을 '오직'의 쇠창살 속에 가두는 것을 당연시했다.

물론 나와는 전혀 다른 삶을 사는 외동도 있을 것이다. 주도권이 어느 쪽에 있느냐에 따라 '오직'의 칼자루를 쥔 사람도 달라지기 때문이다. 자식이 권력을 쥔 집안이라면 부모는 '오직 하나뿐인 자식'이기에 온갖 고통과 희생을 감내하면서라도 자식이 원하는 걸 해 줄 것이다. 사람은 누울 자리를 보고 다리를 뻗는다고 하지 않던가? 형제자매가 여럿인 집안에서는 한 아이에게만 모든 걸 쏟아붓는 게 불가능하다는 걸 자식들도 잘 안다. 그러나 오직 하나뿐인 자식은 자신이 받는 대접을 당연한 것으로 여기며, '오직' 의 권력을 휘두르는 왕으로 군림하는 데 거리낌이 없어지는 것이다.

남녀 간에도 마찬가지이다. 사랑이 절정에 달했을 때는 서로의 눈에는 '오직' 상대방밖에 보이지 않는다. 하지만 어느 정도 시간이 지나고 나면 서서히 다른 것들도 눈에 들어오기 시작한다. 그리고 그래야만 정상이다. 끝끝내 '오직 너뿐이야.'만을 외치는 연인이라면 사랑이라기보다 집착에 빠진 사람일 가능성이 크다. 스스로 만족할 만큼의 사랑을 얻고자 상대를 구속하고 지독하게 강요할 것이기 때문이다. 잊을 만하면 한 번씩 뉴스에 오르는 사건 중 하나가 '데이트 폭력'이나 '교제 살인'인 것만 봐도 그 위험성을 족히 알 수가 있다. '오직, 너뿐이야.'라는 말은 세상에서 가장 달콤한 고백같이 들리지만 동시에 세상에서 가장 무서운 집착과 협박일 수도 있는 것이다.

직장에서도 그렇다. 이 일을 해낼 만한 능력이 있는 사람은 '오직, 너뿐이야.'라며 부담스럽거나 과다한 업무를 맡기는 경우가 있다. 노력한 만큼의 대가를 충분히 돌려받는 상황이라면 상관이 없을 것이다. 하지만 대부분의 '오직'은 노동력 착취를 위한 감언이설에 머무를 때가 더 많다. 번아웃이 올 정도로 밤낮없이 일만 하다가 어느 날 문득 미칠 듯이 억울하고 분노가 치밀어 오른다면, '오직'은 나에게 달콤한 당근이 아니라 잔인한 채찍일 뿐이고 나를 구속하고 지배하기 위한 권력자의 수단에 지나지 않은 것이다.

때로는 '오직'이 지고지순한 관심과 취향의 표현일 수도 있다. 다만 그것이 중독과 한 끗 차이일 뿐이라 구분하기 힘들다는 게 문제다. 아들은 만화광이다. 아홉 살이나 되었으니 이제 아들의 취향에 적극적으로 개입한다는 건 불가능한 일이다. 도덕적으로 용납할 수 없는 문제가 있거나 안전이나 건강상 해가 되는 일이 아니라면 되도록 아이의 자유 의지를 제약하지 않는 편이다. 그러다 보니 아들은 점점 더 깊이 만화 속으로 빠져들었다. 거리를 걸으면서도 엘리베이터를 기다리면서도 심지어 밥을 먹으면서도 만화책에서 한시도 눈을 떼지 못한다. '너는 오직 만화뿐이구나!' 이 말을 할 때의 내 심정은 아들의 지독한 사랑을 감탄하는 마음이 반, 집착이나 중독은 아닐까 하고 걱정하는 마음이 반이다.

내게도 '오직, 너뿐이야.'라고 말할 수 있는 무언가가 있는지 생각해 본다. 머릿속에 스치듯 떠오르는 것들이 있긴 하지만 이내 고개를 저어 떨쳐내 버린다. 앞뒤를 가리지 않는 마음의 전력 질주에 제동을 걸기 위해서이다. 사랑이 집착이 되는 순간 또는 취향이 중독이 되는 순간은 '오직'의 칼날이 상대를 찌르고 결국엔 나 자신까지도 파괴해 버리고 말 테니까.

오직, 너뿐이야.
사랑이야 집착이야, 취향이야 중독이야?

먼저, 나 말고 너부터?

먼저 • 시간적으로나 순서상으로 앞서서

드라마 〈나의 아저씨〉에서 주인공 박동훈은 주변 사람들로부터 '좋은 사람'이라는 말을 들었다. 제 것을 챙기기보단 한걸음 물러나 양보할 줄 알고 소외당하는 약자를 배려할 줄 알며 누구에게도 아픔이나 상처를 주지 않으려고 노력하기 때문이었다. 하지만 드라마 속에서 그의 얼굴은 내내 잿빛이었다. 때로는 불행하고 많이 억울해 보이기까지 했다. '좋은 사람'으로 살아가는 일이 녹록지 않음을 '좋은 사람' 박동훈을 보면 알 수 있었다. 좋은 사람이 되는 게 왜 그렇게 힘든 것일까? 아마도 나는 다음 아니면 맨 뒤나 구석으로 몰아넣고, 나 아닌 존재들만 '먼저' 바라보고 챙기려 하는 마음 탓일 것이다. 마음속에 나 아닌 것들로만 가득 차 있어서 정작 자신은 편히 앉아 쉴 자리 하나가 없는 것이다. 그러니 삶이 늘 고단할 수밖에 없지 않겠는가!

나는 드라마 속 '박동훈'처럼 좋은 사람은 못 된다. 하지만 늘 좋은 사람이 되고 싶었고 지금도 그러길 소망한다. 좋은 사람이 되기 위해 종종 마음속에서 나를 몰아내고 너를 '먼저' 들여놓기도 한다. 드라마에선 그렇게 사는 박동훈의 진심을 주변 사람들 모두가 알아주고 인정도 해 주었다. 우여곡절은 있었지만 냉혹한 사회에서도 그의 진심은 통하는 것으로 그려졌다. 하지만 그런 해피엔딩이 과연 현실에서도 가능할까? 아마도 대부분은 고개를 갸웃하며 부정할 것이다.

먼저, 나 말고 너부터?

우리는 선한 사람, 착한 사람을 보면 흔히 '좋은 사람'이라고 한다. 하지만 '선하다, 착하다' 같은 말들은 의미가 애매해서 알 듯 모를 듯 답답하기만 하다. 가까이 손을 뻗어 보지만 아슬아슬한 찰나에 눈앞에서 펑하고 터져 버리는 비눗방울처럼 말이다. 궁금한 마음에 사전을 찾아보니 좋은 사람이라고 불리는 부류의 사람들은 심리학적으로 심리적 강인성을 갖는 경우가 많으며, 정신적으로는 누구보다도 건강한 사람이라고 나와 있다. 더욱 오리무중이다. 그동안 내가 생각한 선함과 착함은 강함과는 조금 거리가 멀었기 때문이다.

문득 한없이 친절하고 부드럽기만 하던 박동훈이 맹수처럼 격하게 분노하던 장면이 머리를 스쳤다. 엄마가 보는 앞에서 무릎을 꿇어야 했다던 형의 이야기를 듣고 빌딩 사장에게 사과를 받으러 갔을 때와 힘없는 이지안을 괴롭히고 때리는 악덕 사채업자를 찾아갔을 때였다. 내 사람을 고통스럽게 하는 자들은 누구라도 가만두지 않겠다는 살기로 가득 차 폭언을 하고 주먹다짐을 했었다. 그럴 때 박동훈은 좋은 사람이라기보다는 무척 '강한 사람'으로 보였다. 한없이 부드러우면서도 상상하기 힘들 정도로 거친 면을 동시에 가지고 있는 사람. 때로는 물 같고 때로는 불같은 양면성을 지닌 사람.

어쩌면 나는 진짜 좋은 사람은 아니었을지도 모르겠다. 사랑하는 사람을 보호하기 위해 혹은 정의를 지키기 위해 '강한 사람'이 되었던 적은 별로 없었기 때문이다. 나는 늘 부드럽고 친절하게 양보하거나 배려하는 것만이 좋은 사람이 되기 위한 최선이라고 생각했다. 약자에게 친절하고 강자에게도 친절했다. 선 앞에서 부드럽고 악 앞에서도 부드러웠다. 나는 '좋은 사람'이라기보다 그저 '나약한 사람'에 불과했던 것일까? 타인을 '먼저' 생각하는 일이라고 믿었던 배려가 단지 선함을 흉내 내기 위한 가식이었을 수도 있다는 의심이 들자 가슴 한쪽이 서늘해졌다.

하지만 진실로 나는 '좋은 사람'이 되고 싶었다. 얼마나 행동으로 실천하고 인생으로 구현하며 살아왔는지와는 별개로 말이다. 살면서 서슴없이 '먼저'를 내주었던 대상은 누구였던가 생각해 본다. 바로 사랑하는 사람이나 가족이었다. 그들에게만은 '먼저'라는 깃발을 휘날리며 그것이 사랑인지 희생인지 분간하지도 않은 채 맹목적으로 달려 나갈 때가 많았다. 누군가는 그런 내게 잘하고 있다고 칭찬했고, 누군가는 지나치게 희생만 한다고 걱정했지만 달라질 수는 없었다. 지금 와 생각하건대 '먼저'의 방향과 균형이 늘 문제였던 것 같다. '나 먼저'와 '너 먼저' 사이에서 시소 타기를 잘해야 하건만 너를 위해 엉덩이를 힘껏 들어 주는 것만이, 나 자신은 위태롭게 하늘 위로 올라가 있으면서도 상대가 땅에 착지할 수 있도록 도와주는 것만이 최선이라고 생각한 것이다. 하지만 시소는 평형을 이룰 때에만 두 사람 모두 안전하게 땅 위로 내려올 수 있는 법이다.

누구에게나 내가 아닌 타인이 '먼저'인 순간들은 있다. 양보와 배려는 어디까지가 최선인 것일까? 누군가에겐 당연한 양보가 누군가에겐 과도한 희생으로 보일 수 있다. 누군가에겐 마땅한 배려가 누군가에겐 커다란 선행으로 느껴질 수도 있다. 모두의 기준이 조금씩 다르기에 정확히 규정지을 수는 없는 것이다. 그래서 나는 '먼저'라는 부사에만 무게를 두고 생각하기로 했다. 내 안에 때때로 타인을 '먼저' 생각하는 마음만 있다면, 정도야 어떻든 좋은 사람이라고 불릴 자격은 충분한 게 아닐까?

때로는 나를 '먼저' 챙기기도 해야 한다. 좋은 사람이 되기 위해 언제나 '너 먼저'일 필요는 없는 것이다. 나에게도 달콤하게 앉아 쉴 수 있는 작은 의자 하나 정도는 마련해 주어야 한다. 문득 〈나의 아저씨〉에서 박동훈이 혼자서 밥을 먹다가 처량하게 눈물짓던 모습이 떠오른다. 모두에게 좋은 사람이 되기 위해 애쓰다 끝내 허무와 고독에 잠식되어 버리고 싶지는 않다. 차라리 나는 너와 나란히 시소 위에서 내려와 마주 보며 활짝 웃을 수 있게 되기를 소망한다. 적당히 좋은 사람인 것에 만족하면서.

먼저, 나 말고 너부터?
때로는 너 말고 나부터!
서로에게 좋은 사람이 되기를

함께, 라는 꿈과 허상

함께 • 한꺼번에 같이. 또는 서로 더불어

아들이 학교에서 MBTI 검사를 받았다. 초등학생을 대상으로 한 간이 검사여서 신뢰도가 높진 않지만, 처음으로 아들의 기질을 객관적인 데이터로 접할 수 있었다. 아들은 예상대로 외향성이 강한 것으로 나왔다. 아들은 사람들과 어울리는 걸 좋아하고 대중 앞에 나서는 것도 어려워하지 않는다. 그래서 친구를 못 사귄다거나 단체 생활이 힘들다는 어려움을 호소한 적은 단 한 번도 없었다.

반면에 나는 정반대였다. 초등학교에 입학한 후부터 하루하루는 그야말로 공포 그 자체였다. 낯선 학생들 사이에 끼어 있는 것도 힘들었고 선생님이 하는 질문에 큰 소리로 대답해야 하는 것도 끔찍했다. 나는 늘 한자리에 조용히 앉아 있었고 누군가 다가와 말을 걸어 주어야만 간신히 입을 열 수 있었다. '함께'라는 부사는 나를 옭아매는 오랏줄이자 예민함을 찔러 대는 뾰족한 가시와도 같았다.

—

인간은 변하고 성장한다. 도무지 사회적 인간이 될 수 없을 것 같았던 나도 학교라는 공간에서 깨지고 다듬어지며 서서히 길들어져 갔다. 부단한 반복 학습을 통해 어느덧 사람들과 잘 어울릴 줄도 알고 필요한 때에는 사람들 앞에 나설 수도 있는 정상적인 사회인으로 자랄 수 있었다. 교사가 된 이후엔 마치 허물을 벗고 다시 태어나기라도 한 것처럼 사람들 앞에서 노래나 춤을 추는 경지에까지 오르기도 했다. 그런데도 나의 내향적 성향은 좀처럼 바뀌지 않았다. 억지로 노력해서 달라진 척한 것뿐이었기에 사는 게 늘 피곤하게만 느껴졌다.

칠 년여의 교직 생활을 그만두고 세상에 나왔을 때 생각보다 홀가분했던 것은 나의 성향과 맞지 않는 옷을 벗고 자유로워질 수 있었기 때문이었다. 그 후로 다시는 대중 앞에 나서야 하는 직업을 선택하지는 않았다. 출판사 편집자일 때도 진로상담사나 행정직 공무원이 되어서도 근무 여건은 늘 비슷비슷했다. 대체로 조용한 공간에서 소수의 사람과 교류하면서 주어진 업무에만 집중하면 되었다. 지금의 글쓰기 역시 그런 면에서 편안하다. 나란 존재의 타고난 색깔을 지우거나 다르게 덧입혀야 하는 일이 아니기 때문이다. 그저 있는 그대로의 나로 있을 수 있어서 참으로 좋다.

그렇다고 '함께'를 무턱대고 싫어하는 것은 아니다. 강요되는 '함께'에 경기를 일으키는 것일 뿐, 때로는 '함께'이길 누구보다 강렬히 원하고 '함께'일 때 지극한 행복을 느끼기도 한다. 내향적인 나는 조용한 곳에서 정적으로 활동하는 걸 즐기고 외향적인 아들은 복잡한 곳에서 사람들과 역동적으로 어울리는 걸 좋아한다. 나는 그런 아들을 위해 기꺼이 번잡한 공간으로 동행하기도 한다. 그리고 아들과 함께이기에 나와 맞지 않는 공간에 있을지라도 그다지 고통스럽지 않다. 때로는 진심으로 행복하기까지 하다.

그렇다면 각자의 내면엔 '함께'의 다양한 얼굴이 존재하는 게 아닐까 싶다. 사람마다 함께하고 싶은 대상의 외연이 다르고 함께하고 싶은 일의 종류도 제각기 다른 것이다. 내 선에선 굳이 함께할 필요가 있을까 하고 생각하는 것들을 누군가는 반드시 함께해야만 한다고 말할 수도 있다. 가까운 가족이나 연인, 친구끼리는 과연 어디까지가 '함께'의 기준이 될까? 정해진 건 없다고 생각한다. 결국 '함께'의 기준은 자기 자신이 느끼는 행복 여하에 달려 있을 뿐이다. 힘겹고 고통스럽게 느껴지지 않는 수준, 딱 거기까지가 억지 아닌 진심으로 누군가와 함께할 수 있는 마지노선인 것이다.

예전엔 꿈도 꾸지 못할 일이 가족과의 절연이었다. 가족이란 이름 앞에선 이유 불문하고 모두 함께 한 방향으로 줄을 맞춰 따라가야 한다고만 믿었다. 만약 그 줄에서 이탈하려는 사람들이 있다면 패륜이라 하여 범죄자와 비슷한 비난을 받을 정도였다. 하지만 이제는 부모와 자식, 형제자매, 고부간에도 인연을 끊는 일들이 비일비재하게 일어나고 있다. 그만큼 '함께'의 기준이 사회가 규정해 놓은 강제적인 구속이 아니라, 개인의 판단에 따라 넘나들 수 있는 유동적인 울타리 정도로 변했다는 뜻일 것이다. 그리고 그러한 각자의 기준에 대해 누구도 함부로 비난할 자격은 없다.

나는 '함께'의 기준이 다른 사람에 비해 협소한 편이다. 하지만 그것이 잘못이라고 생각하지는 않는다. '함께'의 미덕은 존재하지만, 그것이 누군가에게 폭력이나 강요가 된다면 진정한 의미에서의 함께는 아니기 때문이다. 살면서 '함께'라는 꿈이 한낱 허상에 지나지 않았음을 깨닫고 허무했던 적이 얼마나 많았던가? 나와 상대의 '함께'가 하나로 어우러져 아름답게 공명할 때에만 우리는 진정한 관계의 행복에 이를 수 있을 것이다.

아들이 나에게 외치는 '함께'는 언제나 진심이었고 나 역시 그러했다. 반대로 어떤 사람과는 함께한다는 것 자체에 의문이 생길 정도로 불편하기만 한 적도 있었다. 그럴 땐 가식의 가면을 쓰고서라도 함께하기 위해 거북함을 견디기도 했었다. 온전히 함께일 수는 없더라도 함께하기 위해 노력하는 것 자체가 인생을 현명하게 살아가는 방법이라고 믿었기 때문이다. 하지만 이따금 거짓된 '함께'를 과감히 걷어차 버리는 용기 역시 꼭 필요하다는 생각이 든다. 누군가와 무엇을 '함께'할지 말지 고민하는 일은 아마도 죽을 때까지 계속될 것 같다.

함께, 라는 꿈과 허상

누군가와 진심으로 '함께' 행복할 수 있기를

어쩌면 우리는 지독한 허무주의에 빠져들고 있는지도 모르겠다.
애초에 '제대로' 같은 건
세상에 존재하지 않는다고 외면하면서 말이다.
하지만 어떤 경우에도
부당한 힘의 횡포에 둔감해져서는 안 된다.
진실이 무덤에 파묻히는 세상 역시
절대로 용인해서는 안 된다.

5장

세상 속에 온전히,
세상에 대고 오롯이

당연히, 세상에 당연한 것은 아무것도 없다고요

당연히 • 일의 앞뒤 사정을 놓고 볼 때 마땅히 그러하게

'당연히'라는 말을 들으면 왠지 모르게 마음이 움츠러든다. 괜스레 주변 눈치를 보게 되고 답답해서 가슴이 조여 오기도 한다. '당연히'라는 부사는 우리를 누군가가 만들어 놓은 틀 안에 가두고 옴짝달싹 못 하게 만들어 버리는 말이다. 그 틀을 조금이라도 벗어나면 스스로가 고장 났거나 잘못된 사람인 것처럼 느껴지게 하는 잔인한 말이기도 하다.

평생을 '당연히'의 구속 안에서 살아온 것 같다. 딸이라면 당연히, 학생이라면 당연히, 여자라면 당연히, 교사라면 당연히, 엄마라면 당연히, 아내라면 당연히. 당연히는 끝도 없이 내 삶의 트랙 위에 나타나는 허들이었다. 아무리 넘고 또 넘어도 눈앞을 가로막고 있는 수많은 '당연히' 때문에 얼마나 힘이 들고 숨이 막혔던가?

당연히, 세상에 당연한 것은 아무것도 없다고요.

—

소설 《82년생 김지영》을 읽으며 고구마 열 개는 물 없이 삼킨 듯 답답했던 것도 세상이 정해 놓은 굴레에서 벗어날 수 없는 여자의 삶에 대한 연민과 분노 때문이었다. 하지만 누구도 '당연히'에서 완전히 자유로워질 수는 없다. 당연히 해야 할 일 또는 지켜야 할 일들이 우리 앞엔 태산처럼 쌓여 있기 때문이다. 막힌 가슴을 주먹으로 치면서도 꾸역꾸역 '당연히'의 세계에 발을 들여놓아야만 한다. 그게 어쩔 수 없는 인생인 것이다.

하지만 가끔은 삐딱해지고 싶다. '당연히'의 뻔뻔함과 무자비함에 반기를 들고 나는 그냥 나일 뿐이라고 외치고 싶다. 인생의 팔 할은 온순하게 '당연히'의 세계에 복종하면서 살아왔지만 아주 작은 일탈이 흑백 영화처럼 무미건조한 삶에 고운 무지개를 드리울 수 있을 것만 같다. 딸 같지 않은 딸, 학생 같지 않은 학생, 여자 같지 않은 여자, 엄마 같지 않은 엄마, 아내 같지 않은 아내, 공무원 같지 않은 공무원. 그럼 뭐 어떤가? 비난의 말들은 가볍게 발끝으로 걷어차 버리고 있는 그대로의 나로 살아보는 것도 필요하다. 세상에서 당연하다고 규정지어 놓은 것들에는 다분히 강압적이고 폭력적인 속성이 내포되어 있다. 세상이 원하는 대로 반항하지 말고 순순히 따르라는 잔인한 요구가 들어 있는 것이다. 그러기에 '당연히'의 세계에 완전히 예속된다는 것은 어쩌면 '나 자신'을 잃어버리는 일일 수도 있다.

학창 시절엔 두발 단속이란 게 있었다. 놀랍게도 귀밑 5cm가 당연히 지켜야 할 머리 길이였다. 학생이라면 공부만 해야 하고 머리를 길게 길러 예쁘게 꾸미고 다니는 따위의 행동은 학생답지 못하다고 여기는 '당연히'가 있던 시절이었다. 묶지도 풀지도 못하는 애매한 머리를 한 채 못

생김을 견뎌야 했다. 세월이 흘러 내가 교사가 되었을 때도 두발 단속은 존재했다. 두발 단속을 하는 날이면 아이들은 자리에 서 있고 교사는 자를 가지고 다니면서 머리 길이를 재어 확인했다. 끔찍한 일을 아무렇지도 않게 자행하던 시절이었다. 그때는 교사라면 또 학생이라면 당연히 그래야 하는 줄로만 알았다. 머리 길이도 색깔도 자기 맘대로인 요즘 기준으로 보자면 '세상에 그런 일이?'라며 놀랄 법한 일이다. 당연한 게 대체 뭐란 말인가? 당연하다고 여기던 것들도 시간이 흐르고 세상이 변하면 '당연히' 사라지거나 바뀌기 마련인 것이다.

지금도 '당연히' 해야 하거나 지켜야 할 것들은 존재한다. 사람들은 끊임없이 새로운 '당연히'를 만들어 내고 있기 때문이다. 당연한 것의 범주 안에 들어오지 못하는 사람들은 세상이 둘러놓은 경계선 밖으로 냉정하게 쫓겨나기도 한다. 나는 결코 그 수많은 '당연히'의 세계에 적합한 사람이 될 수는 없을 것이다. 숨 가쁘게 안간힘을 다해도 어딘가 늘 모자랄 수밖에 없다. 그러니 내가 할 수 있는 만큼만 '당연히' 속에 머무르려 한다. 딸로서 엄마로서 아내로서 혹은 사회인으로서 당연히 해야 할 일들을 얼마나 잘 해내고 있는지 일일이 평가하지 않겠다. 나는 나로서 그냥 최선을 다하면 되는 것이다.

당연한 것들을 강요하지 않는 세상에서 살고 싶다. 그런데 가만히 생각해 보면, 그 강요는 다른 누구도 아닌 나 자신이 할 때가 더 많았다. 내가 먼저 세상의 눈치를 보면서 언제나 당연한 자리에 머물고 싶어 안달했던 거였다. 그만큼 나 자신으로 살아가는 것에 당당하지 못했기 때문인지도 모르겠다. 나를 진짜로 사랑하지는 않은 것이다. 김창옥 강사가 이런 말을 한 적이 있다.

'나를 있는 그대로의 나로 보아 주는 것, 그것은 신이 나를 보는 방식으로 나를 보는 것이며, 우리는 그런 눈앞에서 비로소 진정한 마음의 평화를 얻는다.'

너무나도 당연하게 세상에 당연한 것은 없다. 내가 먼저 '당연히'의 세계에서 한 발 정도는 빼내야 한다. 두 발을 다 담그고 쩔쩔매면서 낙오자의 비관에 빠져 살아가지 않기 위해서는 말이다. 부디 있는 그대로의 나로 살아가는 게 당연한 일이 되기를.

당연히, 세상에 당연한 것은 아무것도 없다고요.

나는 그냥 나로서 당연할 뿐이다.

반드시, 라는 믿음에 구멍이 났어요

반드시 •틀림없이 꼭

어른이 되면서 실망스러웠던 일을 꼽는다면 무엇이 있을까? 한두 가지가 아닐 테지만 가장 마음을 허탈하게 했던 건 '인과응보'나 '사필귀정'의 배신이었다. 어릴 때 읽은 동화의 결말은 하나같이 비슷했다. 나쁜 일을 저지른 사람은 '반드시' 벌을 받았고, 착한 일을 하거나 바르게 산 사람은 '반드시' 복을 받았다. 물론 인과응보의 법칙에 어긋나는 이야기들도 있었다. 〈성냥팔이 소녀〉나 〈플랜더스의 개〉에서는 아무 잘못 없이 착하기만 한 주인공이 비극적인 죽음을 맞았다. 눈물을 주르륵 흘리면서 왜 착하디착한 주인공을 불행하게 만드는 거냐며 작가를 원망하기도 했었다. 그래도 그런 우울한 이야기들이 내 삶과 관련 있을 거라고는 생각하지 않았다. '인과응보'나 '사필귀정'으로 귀결되는 뻔하고 행복한 이야기들이 내가 살아갈 세상을 지배하는 법칙이라고 믿고 싶었다.

하지만 어른이 되면서 깨달았다. 그런 것들은 현실을 움직이는 절대적인 법칙이 아니라, 어린이들을 순한 어른으로 길들이기 위한 얄팍한 속임수에 지나지 않는다는 것을. 비참한 현실을 깨닫기 전에 잠시 입에 물려 주는 달콤한 사탕 같다고나 해야 할까? 사탕이 다 녹아 없어져 버린 혀로 맛본 진짜 세상은 생각보다 쓰고 떫기만 했다. 어디에도 나를 위로하거나 달래 줄 아름다운 '인과응보'나 통쾌한 '사필귀정' 같은 건 존재하지 않았다. 그래도 늘 착하고 부지런하게 살려고 노력해 왔다. 나는 이미 '반드시'라는 신화에 길들여져 있는 사람이었으니까.

반드시, 라는 믿음에 구멍이 났어요.

—

가난한 사람은 평생을 가난으로 고통받고 병든 사람은 죽을 때까지 병마와 싸워야 하는 게 현실이다. 착하고 바르게 열심히 사는 것과 그 사람의 운명이 그다지 상관관계가 있는 것도 아니다. 너무 비관적이라고 생각하는 사람도 있을 것이다. 하지만 대부분은 이에 동의할 것이며 진실을 알면서도 쉬쉬 입막음만 하고 있을 뿐이다. 실낱같은 희망이 존재할 거라고 애써 자위하고 언젠가는 자신이 대단한 기적의 주인공이 될지도 모른다는, 조금은 희박한 꿈을 꾸면서 말이다.

지나온 삶을 돌아보았을 때 인과응보가 전혀 없었던 것은 아니었다. 열심히 노력하면 '반드시' 시험에 합격하거나 취업에 성공했고 악착같이 돈을 벌면 '반드시' 통장 잔고는 늘었고 형편은 조금 더 나아졌다. 사소하고 뻔할지라도 분명히 인과응보에 부합하는 결과였다. 그래서 지금껏 그 달콤함에 빠져 꿀벌처럼 부지런히 살아온 것이다. 하지만 어떤 부분에서는 지독하리만큼 인과응보 따위는 없는 것처럼 느껴지기도 했다. 내가 간절히 원하고 최선을 다해 노력했던 것들이 전혀 이루어지지 않을 때도 많았기 때문이다. 물론 나의 노력이 부족했고 나의 잘못이나 실수로 결과도 좋지 않았던 거라고 한다면 할 말은 없다. 하지만 모든 불행이나 실패의 원인을 오로지 개인의 책임으로만 돌릴 수는 없지 않은가?

내가 도무지 벗어날 수 없었던 불행의 덫은 남편의 우울증이었다. 이제는 십수 년이 되었으니 '반드시' 낫는다는 말은 함부로 입에 담을 수조차 없다. 그런데도 주변에서는 종종 위로나 격려의 뜻으로 그런 말을 해주곤 한다. 시어머니조차도 '반드시' 나을 거라며, 아니 나아야 한다며 바닥이 훤히 들여다보이는 희망을 이야기한다. 그럴 때마다 나는 대체로 시큰둥한 반응을 보인다. 쓰디쓴 현실을 너무 많이 맛보아서 섣불리 기대하지 않게 되었기 때문이다. 인생에는 아무리 노력해도 마음대로 되지 않는 게 있다는 걸 알기에 그렇다. 그러니 '반드시'라는 부사는 나 자신이 절대로 가슴에 품어선 안 될 금기어이기도 하다.

이렇게 '반드시'라는 믿음에 구멍이 나 버린 사람은 인생을 어떻게 살아가야 한단 말인가. 남편도 나도 소리 없이 절망할 뿐 겉으로 드러내지는 않는다. 우리는 각자가 치열하게 살아야 할 이유를 찾으려고 애쓰고 있는지도 모르겠다. 나는 '반드시'에 난 구멍으로 찬 바람이 휘휙 불어닥칠 때마다 시린 가슴을 쓸어 덮기 위해 온갖 희망의 부스러기들을 가져다 그 구멍을 메꾸려 노력한다. '반드시'가 내게 원하던 응답을 해 주기를 바라는 것은 아니다. 그저 구멍을 덧대어 바람을 막고 이번 생을 무사히 지탱할 수 있게 되기를 소망할 뿐이다.

〈플랜더스의 개〉에서 네로가 추위에 얼어 죽던 밤을 떠올려 본다. 가난은 도무지 벗어날 수 없었고 착한 마음으로 한 행동은 오해와 비난을 받았으며 아무리 최선을 다해 노력했어도 꿈꾸던 화가는 되지 못했다. 하지만 마지막 숨이 끊어지는 순간에도 놓지 못했던 건 이루지 못한 꿈에 대한 회한이 아니라 평범한 일상에 대한 작은 소망이지 않았을까? 위대한 성공이나 벅찬 행복, 통쾌한 인과응보가 아니라 할아버지와 파트라슈와 함께하던 소소한 일상의 따스함을 그리워하면서 눈을 감았을 것이다. 실로 나라면 그러할 것 같다. 성냥팔이 소녀가 끝내 가슴에 품고 스러진 꿈이 가족과의 단란한 크리스마스 만찬이었던 것처럼.

그래서 나는 아직도 '반드시'의 작은 꼬투리만은 손에 움켜쥐고 있다. 어린 날 지녔던 '반드시'라는 신화에 대한 믿음은 사라졌더라도 언젠가 이루어질지 모를 작은 소망 하나쯤은 품고 살아도 되지 않을까 생각하는 것이다. 남편이 말끔히 낫고 우리의 삶이 완벽해지기를 바라는 게 아니다. 아침이면 고통스럽지 않게 눈을 뜨고 억지로 견디지 않아도 사람들 속에서 하루를 보낼 수 있는 지극히 평범한 날들이 성냥을 그어야만 보이는 환영으로가 아니라 시시하게 발부리에 차이는 일상이 되어 주기를 바라는 것뿐이다. 그렇게 작지만 이루기엔 한없이 크고 멀기만 했던 소망 하나를 오늘도 나는 주머니 속에서 꼭 쥐어 본다. '반드시'라는 믿음은 잠시 주머니 밖으로 꺼내 놓고서.

반드시, 라는 믿음에 구멍이 났어요.
그래도 소소한 일상을 향한 작은 소망 하나만은 쥐고 있어요.

아마, 그는 그랬을 거야

아마 • 단정할 수는 없지만 미루어 짐작하거나 생각하여 볼 때 그럴 가능성이 크다는 뜻을 나타내는 말. 개연성이 높을 때 쓰는 말이나, '틀림없이'보다는 확신의 정도가 낮은 말이다.

아마 늦은 여름이었을 거야. 아니 이른 가을이었던가? 살아온 시간이 몇 년이든 모든 걸 다 정확히 기억하지는 못한다. 한 건지 본 건지 들은 건지조차 명확하지 않을 때도 있다. 특히 기억이라는 것은 지극히 주관적인 영역이어서 더욱 그러하다. 우리는 아스라이 먼 기억이나 흐릿하고 확실하지 않은 생각에 대해 조심스러운 목소리로 '아마'라고 말한다.

마음에 대해서도 마찬가지이다. 정말로 자기 마음을 정확히 아는 사람은 거의 없다. 안다고 착각하거나 안다고 믿을 뿐이다. 백 퍼센트라고 주장하긴 어려워도 왠지 아니라고 말하기는 싫을 때 '아마'를 소환한다. 흔들리는 다리 위에서 '아마'라는 안전장치에 기대어 생각이나 마음을 아슬아슬하게 꺼내 보이는 것이다. 속으론 이대로 거짓의 나락으로 떨어져 버릴지도 모른다는 두려움을 품고 있으면서도 겉으론 적어도 완벽한 거짓은 아니라고 자위하면서 말이다.

아마, 그는 그랬을 거야.

—

한 영화배우의 비보를 들었다. 연기도 잘하고 이미지도 좋았던 그가 바닥으로 추락하는 데는 그리 긴 시간이 걸리지 않았다. 마약이라는 범죄에 연루되었다고는 하나 그 배우의 진실을 정확히 알지는 못한다. 모든 건 '아마'로 시작해서 '아마'로 끝나는 추측들이 대부분이었다. 경찰과 검찰의 조사가 어디에서부터 어디까지 진실을 밝혀냈는지도 잘 모른다. 다만 내가 접한 것은 언론의 보도와 죄인처럼 참담하게 일그러진 그의 그늘진 얼굴이었다. 그가 세상을 등지면서 하고자 했던 말 역시 무엇인지 잘 모른다. 그저 '아마'를 등에 업은 기사들이 쏟아져 나왔고 여기저기에서 사람들 입에 한동안 오르내렸을 뿐이다.

'아마 그럴 거야.'라는 말은 그렇다거나 아니라는 말보다 훨씬 무섭고 가혹할 수 있다. 우리는 그 말을 무조건 믿지도 않지만, 아예 믿지 않을 수도 없기 때문이다. 사람들이 친한 친구가 한 말을 두고 '아마 거짓말일 거야.'라고 말했다고 치자. 그 말을 듣기 전과 후가 똑같을 수 있겠는가? 그렇다고 친구를 믿지 않을 수도 없는 노릇이다. 갑작스러운 혼란에 빠져 우왕좌왕하다가 문득 깨닫게 될 것이다. 친구에 대한 믿음에 미세한 균열이 생겨 버렸다는 것을. 그 배우에 대해서도 마찬가지였다. 진실이 어떻든 무수한 추측들이 난무했고 '아마 그는 그랬을 거야.'라는 말이 온 세상을 뒤덮어 버리자, 그는 더이상 믿을 수 없는 사람으로 치부되기 시작했다. 나부터도 그랬다.

그런데 살다 보면 '아마'라고 말하고 싶은 유혹을 느낄 때가 참으로 많다. 확신은 없어도 내 기억이나 생각 또는 의견을 꺼내어 주장하고는 싶기 때문이다. '아마'에 기대면 나중에 발뺌하기도 훨씬 더 쉽다. "내가 언제 확실하다고 그랬어? 그럴 수도 있다고 한 거뿐이지!" 어쩌면 교활하고 약아빠진 마음이 '아마'라는 부사와 손을 잡게 만드는 건지도 모르겠다.

나는 주로 자기 자신을 속이거나 합리화하는 데 이 말을 사용해 왔다. 마음을 증명하거나 설명해야만 할 때, 그냥 '아마'라고 답함으로써 무거운 책임이나 부담에서 회피하려 한 것이다. 진심을 드러내는 것이 피로했고 때로는 나조차도 나의 마음을 제대로 알 수 없었기 때문이다.

"그를 사랑하니?"

"아마."

이 정도의 불안정한 확신만으로도 그와 결혼할 수 있었다. 그와 함께 있는 것이 편하고 좋았지만, 그 감정이 진짜 사랑인지 아닌지는 알 수 없었다. 그만큼 나는 마음을 속속들이 파헤치지 않고도 적당히 현실과 타협하면서 살아가는 데 익숙해져 버린 것이다.

그렇다면 '아마'는 불확실한 마음을 지닌 사람들에겐 고마운 구원 투수일지도 모르겠다. 자기를 궁지에 몰아넣지 않도록 하는 방어벽이 되어 주고, 나도 잘 모르겠는 마음이나 기억 혹은 생각에 대고 똑바로 진실만을 답하라고 심문하지 않아도 되기 때문이다. 삶이 백 퍼센트의 확신과 믿음으로 이루어질 리는 없기에 비싼 대가를 치르면서라도 '아마'라는 부사에 보험을 들어 놓는 게 아닐까 싶다.

타인에게 휘두르는 잔인한 무기이자, 알 수 없는 마음을 기대고 싶은 목발 같은 '아마'. 오늘도 나는 이 말을 나도 모르게 사용할 것이다. 부디 나의 '아마'가 죄 없는 누군가에게 억울함을 덮어씌우는 모함의 올가미가 되거나 내 안의 진심을 감추고 속이기 위한 비겁함의 도구로 전락하지 않기만을 기도한다.

아마, 그는 그랬을 거야.

바라건대 추측의 세계에서 진실이 아닌 것들과 손잡지 않기를

과연, 그럴 만하구나

과연 • 아닌 게 아니라 정말로. 주로 생각과 실제가 같음을 확인할 때에 쓴다.
• 결과에 있어서도 참으로

어떠한 일이 그에 합당한 결과로 귀결되는 순간, 우리는 '과연'이라고 말한다. 올림픽 경기를 볼 때도 그랬다. 메달을 따는 선수들의 경기에는 '과연' 그럴 만한 실력과 자질이 있었고, 그들의 피나는 노력은 눈으로 직접 보지 않아도 충분히 예상할 수 있었다. 자격이 충분한 사람이 우수한 성적을 거두거나 완성도 높은 작품이 뛰어난 성과를 이루었을 때, 우리 입에선 감탄과 함께 '과연, 그럴 만하구나.'라는 말이 저절로 터져 나온다.

그런데 가끔 '과연'이란 말이 쉽게 나오지 않을 때도 있다. 나도 저 정도는 할 수 있을 것 같은데? 저 사람도 충분한 자격이 있어 보이는데? 하는 의혹들이 머릿속을 어지럽힐 때이다. 하지만 어떤 상황에서든 결과를 받아들이는 미덕은 꼭 필요하다. 그래야만 스스로 부족한 부분을 찾아서 개선하려고 노력할 수도 있을 것이기 때문이다. 우리가 '과연'이란 말에 도달하기까지 해야 하는 일은 오로지 지난한 노력뿐이다.

과연, 그럴 만하구나.

——

공부밖에는 인생을 구제할 방법이 없다고 믿었기에 어려서부터 학업에 매진했다. 다행히도 학업과 직업의 세계는 그동안 나를 배신한 적이 없었다. 가고자 하는 대학에 한 번에 붙었고 교사 임용시험과 공무원 시험에도 한 번에 합격했다. 두 군데의 대기업 출판사에 입사했으며 여러 자격증 시험에서도 떨어진 적이 없었다. 그렇게 나는 지금까지 잘할 수 있는 일들만 골라 하면서 스스로 유능하다는 착각에 빠져 살아왔다. 자신의 능력에 대한 교만과 자만에 취해서 말이다.

하지만 글을 쓰기 시작하면서부터 지금까지와는 비교할 수도 없는 '지독한 열패감'을 맛보게 되었다. 갑자기 깊은 낭떠러지 밑으로 굴러떨어진 기분이 들었다. 얼토당토않을 정도로 앞이 막막하고 아는 게 하나도 없었다. 공부처럼 봐야 할 책이 있고 정답이 있고 목표가 있는 게 아니었다. 내가 어느 수준에 있는지조차 도저히 가늠할 수가 없었다. 한글도 못 뗀 어린아이가 중학교에 입학한 기분이었고 하루아침에 엄청난 열등생으로 전락해 버린 것만 같았다. 서당 개도 아닌 주제에 풍월을 읊겠다고 덤비는 동네 똥개 같다고나 해야 할까? 그럼 이 똥개가 서당 개가 되려면 어떻게 하면 되는지 알아야 하는데 참담한 사실은 그것조차도 모르겠더라는 것이다. 뭘 알아야 메타 인지도 가능하기 때문이다.

그렇게 낯선 절망감에 허덕이던 순간, 불현듯 스치는 생각이 있었다. 나는 늘 잘할 수 있는 일을 할 수 있는 만큼만 해내면서 '과연, 그럴 만하구나.' 혹은 '과연, 그럴 줄 알았어.'라는 말을 축배처럼 받아먹으며 살아왔음을 깨달은 것이다. 내가 못나고 부족하다는 생각은 하고 싶지도 않았고 누군가로부터 그런 평가를 듣기는 더더욱 싫었던 거였다. 그랬던 내가 스스로 똥개의 자리로 기어들어 가 여기저기 킁킁거리고 다니며 하나라도 더 주워듣고 배우려 안달하고 있다는 게 우습기도 하고 놀랍기도 했다.

'신은 내게 이제껏 맛보지 못하고 지나갔을 진한 패배의 잔들을 줄줄이 따라 주면서 정신이 아찔할 정도로 취하게 만들려나 보다. 그래서 '과연'이란 말을 듣는 것이 실로 얼마나 힘들고 닿기 어려운 일인지를 절실히 깨닫게 하려는가 보다.'

글쓰기를 하면서 삶에서 오랫동안 부여잡고 있었던 자만심을 내려놓을 수 있었다. 밑바닥에서 시작하는 마음이 무엇인지도 알게 되었다. 지금까지 나는 내 능력이 미치는 안전한 길만 골라 걸으면서 잘난 척해 왔다는 것도 깨닫게 되었다. 교사 시절 아무리 노력해도 성적이 오르지 않는 학생의 절망감을 온전히 이해하지 못한 채 노력하지 않은 탓이라고 비난했던 오만도 반성했다. 이제야 제대로 그들의 아픔을 공감할 수 있게 되었다. 글쓰기가 거만했던 나의 뺨을 때려 정신이 번쩍 들게 해 준 것이다.

'과연'이라는 말은 누구나 듣고 싶어 하는 말이다. 하지만 그 말의 이면에 숨은 눈물방울, 땀방울의 양은 사람마다 각기 다를 것이다. 그리고 자기가 잘할 수 있는 일을 할 때와 잘할 수 없는 일을 할 때의 결과도 천차만별이다. 한 발 한 발 조심스럽게 건너던 징검다리에서 발이 푹 빠져 온몸이 홀딱 젖어 버렸다고 해서 주저할 것은 없다. 강을 다 건너고 나면 티 하나 없이 말끔한 모습으로 가볍게 건넌 사람이나 눈물 땀범벅으로 만신창이가 되어 건넌 사람이나 '과연, 그럴 만하구나.'라는 찬사를 받는 것은 매한가지일 테니까.

그런데 솔직히 후자가 될 것만 같아 두렵기도 하다. 글쓰기의 세계는 적어도 내겐 진흙탕에서 미친 듯이 뒹굴어야만 도달할 수 있는 아득한 경계 너머의 '과연'이기 때문이다. 이미 모든 난관을 극복하고 자신이 꿈꾸던 '과연'의 경지에 이른 이들에게 시기심 없는 존경의 박수를 보낸다. 그리고 언젠가 그곳에 이르기 위해 간절함을 품고 노력하는 이들 모두에게는 이 말을 부적처럼 미리 건네주고 싶다.

과연, 그럴 만하구나.
이 말을 듣기 위해 필요한 건 오직 피나는 노력뿐이다.

아직, 망설이고만 있나요?

아직 • 어떤 일이나 상태 또는 어떻게 되기까지 시간이 더 지나야 함을 나타내거나, 어떤 일이나 상태가 끝나지 아니하고 지속되고 있음을 나타내는 말

세월은 나도 모르게 이만큼 흘러가 버렸다. 이삼십 대에는 세월이 가는 것도 몰랐고 어디로 가는지에는 더더욱 관심이 없었다. 막연하기만 한 인생을 손에 쥐어 보려고 아등바등하다가 어느새 사십 대가 되었다. 책임져야 할 일들만 많은 게 인생이라며 한탄하다 보니 이제는 훌쩍 오십을 코앞에 두고 있다. 하지만 나는 아직도 흐르는 세월 앞에선 무지하기만 한 어린아이일 뿐이다.

'아직'이란 부사에는 상반된 두 가지 의미가 동시에 담겨 있다. 무언가를 이루려면 혹은 어딘가에 닿으려면 시간이 좀 더 필요하다는 여유와 긍정의 '아직', 여전히 아무것도 변하지 않은 채 그대로냐는 질책과 부정의 '아직'이 그것이다. 조금만 더 시간을 달라고 요구하는 건 어린 시절에나 가능한 일이었다. '난 아직 모르잖아요.'라고 말해도 당당할 수 있었다. 하지만 어른이라면 얼마 남지 않은 생을 의식하면서 살아야 한다. 여전히 예전 그대로 변하지 않는 상태로 있냐는 질책의 '아직'이 더 어울리는 것이다.

아직, 망설이고만 있나요?

사실 도전은 어느 나이에서나 옳다. 젊은이라면 도전을 통해 삶을 다양하게 변주할 수 있고, 실패하더라도 다시 일어설 시간이 넉넉하니 도전을 두려워할 필요가 없다. 나이 든 사람은 남아 있는 삶의 시간이 자꾸만 줄어들고 있기에 역시나 도전을 주저할 여유가 없다. 그러니 아직 때가 아니라거나 아직은 모른다면서 망설이고 있을 수만은 없다. 지금도 시간은 빈틈없이 흘러가고만 있으니까.

나의 삶에서도 도전의 역사는 계속해서 반복되었다. 때로는 무모함에 들고 있던 것들을 모두 놓쳐 버리기도 했고 무작정 달리다 길을 잃고 울기도 했지만, 그럴 때마다 인생의 시곗바늘은 1도 정도 방향을 틀었다. 그리고 우스워 보이는 그 1도가 긴 세월이 흐르고 나면 삶을 전혀 다른 방향으로 이끌고 갔음을 깨닫게 했다. 현실에 짓눌려 옴짝달싹 못 하던 때, 운명처럼 '끌어당김의 법칙'과 '소원 쓰기 비법'이란 것을 알게 되었다. 그 후로 나는 노트에 아홉 글자로 된 소원을 매일 백 번씩 적기 시작했다. 새벽마다 정화수를 떠 놓고 치성을 올리던 옛 여인들처럼 하루도 거르지 않았다. 노트 한 권을 채우고 두 번째 노트를 채울 때까지도 계속해서 반복했다.

《더 해빙》이란 책을 읽고 난 후엔 소원 대신 감사 일기 쓰기로 형태만 바꾸었다. 자청의 《역행자》를 읽고 나서는 블로그 포스팅을 새롭게 시작했고, 이해사의 《내 글도 책이 될까요?》를 읽고는 평범한 사람도 작가가 될 수 있다는 가능성을 깨닫고 출간 작가의 꿈을 키웠다. 꾸준히 쓰다 보니 브런치스토리 작가에 합격할 수 있었고 잡지사의 청탁으로 원고료를 받고 글을 쓰는 경험도 하게 되었다. 대학교 주관 책 쓰기 프로젝트에 참여하여 공저로 된 작품집을 발간하면서 본격적으로 소설가가 되기 위한 첫발을 내디뎠다. 그리고 기적처럼 내가 쓴 소설이 신춘문예에 당선되었다. 맨 처음 돌린, 단 1도의 시곗바늘이 결국 '등단 작가'라는 믿기지 않는 결과로까지 나를 이끌고 간 것이다. 그리고 이제는 드디어 나만의 책을 출간하는 꿈도 이루게 되었다.

도전은 거창한 게 아니었다. 이따금 나는 큰일을 덥석 저질러 버리기도 했지만, 도전을 가볍게 '시도' 정도로만 생각해도 인생의 1도를 바꾸는 데는 충분할 것이다. 어떤 일이든 한달음에 이룰 수는 없지 않은가? 때로는 이루고 싶은 목표가 아예 없거나 그것이 무엇인지 잘 모를 수도 있다. 그냥 아주 작은 한 걸음의 시도를 하다 보면 생각지도 못한 지점에서 놀라운 변화를 맞이하게 되는 것뿐이다. 그것은 인생의 시곗바늘이 정오에 이르렀을 때일 수도 있고 자정에 이르렀을 때일 수도 있을 것이다. 언제일지 알 수 없으니 사는 동안 도전의 발걸음을 멈출 수 없음은 자명한 이치이다.

'아직' 때가 아니라는 말을 가슴에 품고 사는 것이야말로 영원히 그때를 오지 않게 만드는 어리석은 방법일지도 모른다. 돌이켜 보면 진짜 좋은 때란 마음에 파동이 일어난 바로 그 순간이었다. 외부의 여건이나 환경이 중요한 것도 아니었다. 작은 찰나일지라도 마음의 소리를 외면하지 않고 '아직'이 아니라 '지금 당장'이라고 말하며 일어설 수 있는 용기를 내는 것부터가 모든 변화의 시작인 것이다.

'비록 늙어 가지만 낡지는 마라.'라는 말이 있다. 세월이 흘러가면 우리의 몸은 늙을 수밖에 없다. 하지만 우리의 정신과 삶마저 늙어 가는 건 아니지 않은가? 낡지만 않는다면 남은 생은 늘 새로울 수 있고 꿈을 꿀 수 있고 성장할 수도 있다. 그것을 믿기에 오늘도 나는 작은 시도들을 멈추지 않고 계속할 것이다.

아직, 망설이고만 있나요?
인생의 1도를 바꾸는 작은 시도는 지금 당장!

거저, 되는 건 하나도 없더라

거저 • 아무런 노력이나 대가 없이
• 아무것도 가지지 않고 빈손으로

공짜를 싫어하는 사람은 거의 없을 것이다. 하지만 세상에는 공짜가 없고 '거저' 얻어지는 것도 별로 없다. 아무것도 하지 않았는데 맘에 드는 결과만 손안에 쏙 들어오는 일은 없다는 것이다. 감나무에서 떨어지는 감을 받아먹으려면 하다못해 감나무 아래에서 목이 빠지게 기다리기라도 해야 할 게 아닌가? 다만 감이 익어서 떨어질 때를 알고 기다리느냐, 아무것도 모르면서 무작정 기다리기만 하느냐에 따라 그 결과는 완전히 달라질 것이다.

오롯이 자기 힘과 노력으로 인생을 우뚝 일으켜 세운 사람들에게 흔히 '자수성가'했다고 말한다. 대체로 현재 대단한 사회적 지위에 올라 있거나 경제적으로 성공한 사람들에게 칭찬과 격려의 뜻으로 하는 말이다. 악착같이 노력하여 무언가를 얻거나 이루어 낸 사람들에게 '거저'라는 부사는 뜬구름 잡는 허황된 말로 들릴 뿐이다. 어쩌면 게으르고 나태한 이들이 품는 일확천금의 꿈이나 헛된 망상에 불과하다고 욕할지도 모르겠다. 그들은 세상에 대고 이렇게 목청 높여 외칠 것이다.

거저, 되는 건 하나도 없더라.

——

나 역시 그러했다. 열심히 노력해야 일자리를 구할 수 있었고 매일 일을 해야 먹고살 수 있었으며 악착같이 돈을 모아야 먹고사는 것 이외의 욕구를 충족하거나 위기에 대처할 수 있었다. 어느 한 가지도 '거저' 얻거나 이루어지는 건 없었다. 〈가여운 것들〉이란 영화에서 주인공 벨라는 상류층에 속해 있으면서 늘 안락한 삶만 누려 온 여자였다. 그런 그녀가 처음으로 하층민의 처참하고 비극적인 삶을 목격했을 때, 극심한 충격을 받고는 울부짖었다.

"내가 무슨 자격으로 이런 것들을 다 누린단 말이야. 내가 한 건 아무것도 없는데."

그녀의 절규를 듣는 순간, 부러움과 절망감이 동시에 하나의 칼이 되어 날카롭게 명치끝을 찌르는 것만 같았다.

'그래, 세상의 누군가는 애쓰지 않아도 거저 많은 것들을 누리고 살겠지.'

하지만 태어날 때부터 많은 것들을 갖고 있던 사람일지라도 인생의 모든 걸 다 '거저' 얻을 수는 없다. 조금 더 혹은 덜의 차이만 있을 뿐 신은 철저히 대가를 원한다. '거저' 얻은 것 같은 몸뚱이도 누군가에겐 '거저'가 아니며, '거저' 생긴 것 같은 재능도 누군가에겐 결코 '거저'가 아니다. 그걸 알면서도 타인이 가진 것들에 유독 시기심이 나서 미칠 것만 같을 때가 있는 것이다. 〈가여운 것들〉에서 벨라가 죽어 가는 하층민 아이를 살리기 위해 성 아래로 달려 내려가려 하자, 친구가 만류하면서 이렇게 말했다.

"당신이 할 수 있는 건 아무것도 없어요. 지금 당장 저 밑바닥에 있는 사람들에게 다가가 도와주고 싶어도 당신이 저기로 내려가는 순간 그들은 당신의 모든 것을 빼앗을 거고 어쩌면 당신의 목숨까지도 위태로워질지 몰라요."

욕망의 양극단에 선 자들은 아무리 서로를 이해하고 받아들이려 해도 쉽지가 않은 것이다. 특히 욕망의 열외자들은 욕망의 수혜자들을 고운 눈으로 바라보기가 무척 힘들다.

인간의 질투와 시기심은 어쩌면 타인의 '거저'에 극도로 민감하게 반응하는 데서 생겨난 것인지도 모르겠다. 한 유명인이 팔십억 원이 넘는 아파트를 현금으로 샀고 대출 없이 수백억 원의 부동산을 소유하고 있다는 기사를 보았다. 맨 처음 올라오는 감정은 저 사람은 돈을 참 '거저' 번 게 아닌가 하는 시기심이었다. 동시에 불쾌하고 뜨거운 불덩이가 가슴속에서부터 훅하고 치밀어 올라왔다. 영화에서 말한 밑바닥 사람들처럼 나 역시 가진 자를 헐뜯고 괴롭히고 싶다는 날 선 감정이 고개를 빳빳이 쳐드는 것이었다. 거칠고 과격해진 감정을 이성의 사포로 한참 동안 문지르고 나서야, 그는 이미 그럴 만한 성공을 거둔 사람이고 그렇게 되기까지 엄청나게 노력해 온 사람이라는 사실을 순순히 받아들일 수 있었다. 그러자 붉으락푸르락했던 심장도 다시금 제 색과 온도를 되찾을 수 있었다. 타인이 가지거나 이룬 것들이 '거저'가 아닌 응당한 대가라고 여길 때에만 비로소 마음이 순해지는 것이다.

하지만 아무리 노력해도 얻지 못하는 걸 누군가는 나보다 훨씬 쉽게 혹은 '거저' 얻기도 하는 게 현실이다. 그러니 '뿌린 대로 거둔다.'라는 말은 반은 맞고 반은 틀린 것이다. 진실을 외면하면서까지 세상은 공평하다고 앵무새처럼 떠들고 싶지는 않다. 때로는 타인이 '거저' 얻은 것을 자신은 도저히 가지지 못할 때 비관적 운명론에 빠져 절망하게 되기도 한다. 마치 태어날 때부터 노예인 자가 주인이 누리는 것들은 함부로 넘볼 수도 꿈꿀 수도 없다고 자포자기해 버리는 것처럼 말이다. 가는 사슬에 발이 묶인 어린 코끼리는 힘이 센 어른이 되어서도 그 사슬을 끊어 낼 엄두조차 내지 못한다고 한다. 그렇게 모든 걸 운명으로 여기고 낙담 속에 살아가는 것 역시 참으로 어리석은 일 아닌가?

욕망으로부터 소외된 이들은 '가여운 것들'이고 나 역시 거기에 속해 있다는 걸 잘 안다. 그렇다 하더라도 절망하기보다는 있는 그대로의 현실을 냉정하게 받아들이고 거기에서부터 새롭게 다시 시작하고 싶다. 세상엔 '거저'인 것도 있고 아닌 것도 있으며 심지어 그것이 모든 사람에게 공평하게 적용되지도 않는다는 사실을 담담히 인정하면서 말이다.

거저, 되는 건 하나도 없더라.
뿌린 대로 거두는 것도 아니다.
모두가 그렇게 가여운 것들이 되어 살아가는 것이다.

덜, 가진 자의 고통 아니면 여유

덜 • 어떤 기준이나 정도가 약하게. 또는 그 이하로

'더도 말고 덜도 말고'라는 말이 있다. 넘치지도 모자라지도 않게 적당히 좋은 상태를 뜻하는 말이다. 하지만 더도 덜도 아니게 기준에 딱 부합한다는 건 말처럼 쉬운 일이 아니다. 살다 보면 원하든 원하지 않든 '더'이거나 '덜'인 상태에 머물러 있어야 하는 경우가 생긴다. 그렇다면 '더'와 '덜' 중 어떤 것이 더 나은가? '더'는 왠지 과해서 부담스럽고 '덜'은 어딘가 부족하고 아쉽게만 느껴진다. 음식을 주문할 때도 사람들은 두 부류로 나뉜다. 어떤 사람들은 남기더라도 일단은 풍족하게 '더' 시키기를 좋아하고, 어떤 사람들은 부족한 듯 모자란 '덜'을 선호한다. 나는 주로 후자를 선택하는 편이다. 남기는 것이 싫어서 애초부터 음식을 조금 시키거나 약간 덜하다 싶을 때 숟가락을 내려놓는 것이 편하다.

'더'라는 풍족함과 충만함에서 오는 기쁨도 크지만, '덜'이라는 부족함과 비움에서 오는 여유도 그에 못지않게 내면을 꽉 채워 준다는 사실을 알기 때문이다. 물론 현저하게 부족한 결핍은 사람을 무척 고통스럽게 만들 수도 있다. 하지만 '덜'은 어떤 기준에 살짝 못 미치는 것으로 아주 약간만 모자란 상태를 의미한다. 완벽할 때 행복한 게 아니라 완벽해지기 직전에 가장 행복할지도 모른다. 포만감을 느낄 때보다 포만감을 느끼기 직전에 가장 기분이 좋고, 절정의 순간 자체보다 절정에 도달하기 직전에 가장 큰 쾌감을 느끼는 것처럼 말이다.

덜, 가진 자의 고통 아니면 여유

대학을 졸업하자마자부터 칠 년 넘게 공립학교 중등 교사로 일했다. 나는 첫 월급부터 마지막 월급까지 모두 다 부모님께 드렸다. 학교를 그만두면서 받은 퇴직금과 생명 보험, 자동차 보험 해약금까지도 남김없이 드렸다. 텅 빈 항아리의 바닥을 긁어내듯이 탈탈 털어 내고 나니 그야말로 거지나 다름없는 처지가 되었다. 수녀원행이 좌절된 후, 도주하듯 서울로 올라갈 때 내 손엔 지인들이 격려금으로 준 현금 몇 푼과 한 보따리의 짐 가방만이 들려 있었다. 닥치는 대로 작은 출판사에 취직했고 그달 월세와 밥값을 벌기 위해 일을 시작했다.

그때의 내 상태는 단순히 '덜'이라는 부사로 표현하기 힘들 정도로 원점에 가까웠다. 하지만 나는 궁핍한 처지를 크게 상심하거나 고통스러워하지 않았다. 월급을 받아 생전 처음 적금이라는 걸 넣기 시작했고 텅 빈 곳간에 한 푼 두 푼 돈이 들어가는 게 그저 재미있고 신기하기만 했다. 그땐 내가 다른 사람에 비해 얼마나 더 가졌는지 '덜' 가졌는지가 그다지 중요하지 않았다. 삼십 대였으니 젊음이라는 무기가 있었고 물욕이 그다지 크지 않아서이기도 했을 것이다.

'덜' 가진 자의 삶은 단순하고 간결했다. 객관적으로는 무척 가난했지만 스스로 가난하다고 인식하지 않았다. 잘 곳이 있고 먹을 것이 있으며 일하러 갈 곳도 있었으니까. 퇴사해서 수입이 끊겼을 땐 나라에서 주는 실업 급여를 받았고 그동안 부지런히 다시 일자리를 구하면 되었다. 돌이켜 보면 꽤 막막한 삶이었지만 당시엔 심각하게 여기지 않았다. 그때 나는 '덜' 가진 자의 고통보다는 여유를 더 크게 느끼고 있었기 때문이었다. 이후로 십수 년이 흘렀고 나는 과거보다 확실히 '더' 가진 자가 되었다. 하지만 마음속에서는 여전히 스스로가 '덜' 가진 자라고 생각하고 있다.

객관적으로는 '더' 가진 자가 되었음에도 내면은 여전히 '덜' 가진 자로 살아가는 것이다. 하지만 과거와 크게 달라진 점이 있다면 '덜' 가진 자로서의 여유보다는 고통에 더 많이 시달리게 되었다는 것이다. 방 한 칸에 살아도 불만이 없던 내가 이제는 더 세련되고 깨끗한 아파트를 부러워한다. 밤마다 편의점 빵으로 허기를 달래도 충분했건만 이제는 맛있고 몸에도 좋은 음식을 찾아다닌다. 이미 예금 통장을 가지고 있으면서도 그보다 더 많은 돈을 모으고 싶어 안달복달한다. 그러니 나는 '덜' 가진 자의 여유를 깡그리 잃어버리고 만 것이다.

누군가는 '덜' 가진 자의 여유란 말 자체를 듣기 거북해할지도 모르겠다. 지지리 궁상맞은 가난에 만족하며 사는 것은 무능한 자의 자기 합리화이거나 게으른 패배자의 변명일 뿐이라며 넌더리를 치는 이도 있을 것이다. 사람은 욕망의 동물이기에 더 많은 욕망을 채우기 위해 노력하는 게 당연한 일이다. 나 역시 지금껏 욕망에 충실해 왔고 지금도 내가 할 수 있는 선에선 최선을 다해 욕망하고 있다. 하지만 가끔 과거가 그리워질 때가 있는 것이다. 그때의 '없음'이 아니라 그때의 '여유'가 말이다.

단지 젊었기에 여유로웠던 것일까? 그건 아닐 것이다. 삼십 대는 대부분 활화산 같은 욕망을 좇느라 갈급해지는 시기이다. 아마도 가진 걸 남김없이 비워 냈던 경험, 그 특별한 경험이 나를 모든 욕망으로부터 잠시 초연해지게 만들어 주었던 것 같다. 이후의 삶에서 나는 언제든지 그때로 되돌아갈 수 있다는 각오를 다지며 살았다. 하지만 운인지 노력 덕분인지 다시는 그때처럼 텅 빈 '없음'의 상태로 되돌아간 적은 없었다. 마음속으로는 그때를 은근히 두려워하면서 이따금 그리워하기도 한다니 참으로 모순적으로 들릴지도 모르겠다. 그런데 진실로 그런 순간들은 있다.

이제는 애써 스스로를 위무하며 여유를 가지라고 독려하는 편이다. '더도 말고 덜도 말고' 지금의 상태가 최선이라고 자신에게 최면을 걸기도 한다. 그런 억지 만족에 매달리려 한다는 것은 아마도 내가 어느 정도 가진 자가 되었기 때문일 것이다. 사람마다 기준이 다르겠지만 '더' 가진 자들이 '덜' 가진 자들에 비해 여유롭지 않을 때가 훨씬 많다. 텅 빈 곳간과 거의 다 찬 곳간의 주인 중 쌀 한 섬이 생겼을 때 만족을 느끼는 건 어느 쪽일까? '아흔아홉 섬 가진 사람이 한 섬 가진 사람의 것을 마저 빼앗으려 한다.'라는 속담도 있듯이 '더' 가지고 '덜' 가지고의 기준은 지극히 주관적일 뿐이다.

누군들 '덜' 가진 자의 고통을 스스로 원했겠는가? 가진 것에 만족하고 싶지만 그게 잘 안 되는 것이리라. 그런 면에서 나는 늘 되새길 원점을 가지고 있다는 사실에 감사하며 살고 있다. 컴퓨터의 초기화 버튼을 누르듯 원점의 상태로 되돌아간 경험을 한 사람과 그렇지 않은 사람은 초심의 기준이 다를 것이기 때문이다. 내가 가진 초심이 무엇보다도 강력한 무기가 될 거라고 확신하며 종종 과거를 반추한다. 희부옇기만 한 인생에 짙푸른 문신처럼 새겨져 있는 '없음'의 순간들을 떠올리다 보면, 어떤 상황에 놓이든 '여유'를 잃지 않을 수 있기 때문이다.

《초역 부처의 말》에서는 '있다'에 집착하지 않고 '없다'에 슬퍼하지 않으면 마음이 무적같이 부드러워진다고 하였다. '덜' 가진 자는 고통스러울 수도 여유로울 수도 있지만, 분명한 건 오직 내가 선택하는 바에 달려 있다는 사실을 잊지 말자.

덜, 가진 자의 고통을 두려워하지 않기로 한다.
덜, 가진 자의 여유는 무적과도 같을 것이니

더, 나은 실패란 대체 뭘까?

더 • 계속하여. 또는 그 위에 보태어
• 어떤 기준보다 정도가 심하게. 또는 그 이상으로

성공과 실패. 사람들의 숨통을 조이는 두 단어이다. 성공이 뭐고 실패가 뭔지는 아직도 잘 모르겠다. 그것은 행복과 불행이 뭔지 가르는 것만큼이나 기준이 모호하고 지극히 주관적이며 상황에 따라 들쑥날쑥하다. 하지만 주변에선 끊임없이 '더' 큰 성공을 위해 달리라고 재촉을 한다. 방문을 쾅쾅 두드리거나 어깨를 툭툭 치기도 하고 느닷없이 얼굴에 찬물을 확 끼얹기도 한다. 정신이 번쩍 들어 주변을 돌아보면 다들 어리둥절한 얼굴로 냅다 달리고 있다. 그럼 나도 뒤질세라 일단은 뛰고 본다. 어디로 가고 있는지도 잘 모르는 채로.

외적인 성공이란 아마도 자신의 능력으로 부와 입신양명을 한꺼번에 거머쥔 상태를 말할 것이다. 하지만 몸이 아프면 성공은커녕 삶을 제대로 유지하기도 힘드니 육체 먼저 강건하게 보살펴야 한다. 요즘은 내적인 면도 단단하고 아름답게 가꿔야 한다고 강조한다. 가정이 무너지면 모든 게 무의미해지니 가족들도 살뜰히 챙겨야 한다. 어느 한구석도 빈틈을 허용해서는 안 된다. 그렇게 해야만 인생을 성공이라고 하는 지점 어딘가에 무사히 안착시킬 수 있을 것만 같다. 그렇게 '더' 노력하라는 말의 채찍과 '더' 성공할 수 있다는 허상의 유혹 속에서 실패만 갱신하던 내게 누군가 이런 말을 해 주었다.

"성공하려고 하지 말고 더 나은 실패를 하면 됩니다. 어제의 실패보다 더 나은 실패를 했다면 그게 곧 성공인 겁니다."

더, 나은 실패란 대체 뭘까?

완벽한 성공에 도달한 사람이 있을까? 잘하는 게 있으면 어딘가 부족하거나 모자라는 부분도 있기 마련이다. 애초에 완벽한 성공이란 존재하지 않을지도 모르겠다. 나는 늘 고지가 보일 듯 말 듯한 언덕배기 어디쯤에서 허무하게 미끄러지거나 굴러떨어지고 마는 평범한 아무개일 뿐이다. 일, 사랑, 결혼, 육아, 건강, 재테크에 이르기까지 남들이 자랑하는 화려한 성공담들은 왠지 나와는 거리가 먼 이야기로만 느껴진다. 하지만 보잘것없는 내 인생에도 소소한 성공은 있었고 숱한 실패 역시 거듭해 왔다. 오늘 아침 김밥을 쌀 때조차도 얼마나 여러 번 성공과 실패 사이에서 아슬아슬한 줄다리기를 했던가? 지단을 부칠 때마다 늘 완벽한 색깔과 모양을 꿈꾸었지만 원하는 대로 되었던 적은 거의 없었다. 시시하지만 전혀 사소하지 않은 일상 속에서도 우리는 쉼 없이 성공과 실패를 반복하면서 살아가고 있다.

요즘 내가 가장 많은 실패를 맛보고 있는 건 단연코 '글쓰기'이다. 사는 동안 여러 번의 취업 관문을 무사히 통과해 냈고 그럴 때마다 성공이라는 감정에 흠뻑 도취하기도 했었다. 하지만 늦은 나이에 새롭게 들어선 글쓰기의 세계에서는 이전까지 경험해 보지 못한 새로운 차원의 실패를 끊임없이 거듭하고 있다. 글쓰기는 자기와의 싸움이기에 성공이냐 실패냐를 구분 짓기가 쉽지 않다. 또 뚜렷한 목표 지점이 있는 것도 아니기에 나아가야 할 방향을 제대로 잡기도 힘들다. 공모전에서 수상하거나 출간한 책이 베스트셀러가 된다면 객관적인 기준으로 성공에 도달한 것일 수도 있겠다. 하지만 글을 쓰는 사람들은 알 것이다. 자신의 글에서 느끼는 성공이나 실패의 감정이 반드시 그런 외적인 성과와 일치하지는 않는다는 걸.

나는 계속해서 글쓰기에 실패하고 있다고 느낀다. 내가 이상적으로 생각하는 어떤 지점에 다다르지 못하고 있기 때문이다. 단편 소설 하나를 탈고할 때마다 뿌듯함을 느끼는 동시에 커다란 좌절감에 빠져든다. 미지의 벽 앞에 서서 밖으로 나갈 문을 찾지 못한 채 하염없이 헤매고만 있다는 걸 자각하게 되기 때문이다. 그런데도 글쓰기를 멈추지 않는 까닭은 오늘의 실패가 어제보다는 조금 더 나은 실패일 거라는 믿음이 있어서이다.

사실 더 나은 실패가 무엇인지 정확히 알지는 못한다. 다만 실패를 거듭하다 보면 조금이라도 나아지는 점이 있을 거라고 막연히 기대할 뿐이다. 어쩌면 영영 제자리걸음에 머물러 있을지도 모르지만, 실패가 지닌 저력을 믿으며 자신을 독려하는 것이다. 그리고 지금의 실패들이 결국은 성공으로 가는 과정의 일부라고 생각하며 스스로를 응원하는 것이다. 내가 가진 한계와 약점을 누구보다도 잘 알고 있다. 그래서 앞으로 예상보다 더 많은 실패를 반복해야 할지도 모르겠다. 하지만 실패를 양 옆구리에 목발처럼 끼고 걸어가는 이 길이 마냥 두렵거나 싫지만은 않다.

글 쓰는 방법을 누군가에게 배운다면 더 잘 쓸 수 있을까? 소설 작법, 시 작법 같은 게 있긴 하지만 그것만으론 요령부득이다. 더 중요한 건 계속해서 쓰고 또 쓰는 것뿐이다. 한 편의 소설을 쓸 때마다 실패의 경험이 한 번 더 쌓일 테고 그 안에서 스스로 더 잘 쓰는 법을 터득해 나가야만 한다. 성공이냐 실패냐를 따지지 말고 그냥 '더' 해 보는 수밖에는 달리 도리가 없는 것이다. 도저히 보이지 않던 문이 느닷없이 눈앞에 나타나고 절대로 잡히지 않던 문고리가 덥석 내 손안에 들어오는 날까지 계속해서 '더'.

실패에 두들겨 맞으면 맞을수록 어떤 실패에도 버틸 수 있는 맷집이 생긴다는 게 실패가 지닌 진짜 저력이다. 그리고 더 나은 실패의 미덕은 어떤 경우에도 포기하지 않고 다시 덤비는 투지와 달라질 수 있으리라는 희망과 신념을 품게 한다는 데 있다. 오늘도 새로운 인물과 그들에 얽힌 이야기를 컴컴한 어둠 속에서 두 팔을 뻗고 더듬거리며 찾아 나선다. 휘젓는 손끝에 닿은 무언가가 나로 하여금 단 한 발짝만이라도 나아가게 한다면 그걸로 충분한 것이다. 나는 세상에 태어나 처음으로 '더' 나은 실패를 배우고 있는 중이니까.

더, 나은 실패란 대체 뭘까?

실패를 거듭하면서도 계속해서 '더' 실패해 보는 것이다.

아예, 하지 않으면 비난도 받지 않더라

아예 • 일시적이거나 부분적이 아니라 전적으로. 또는 순전하게

직장인들이 농담 반 진담 반으로 하는 이야기가 있다. 성실하고 일 잘하는 사람한테는 일을 더 많이 시키고 게으르고 무능한 사람한테는 일을 덜 시킨다는 것이다. 그래서 남들보다 일을 많이 하는 사람은 실수도 하고 비난받는 일도 더 많건만, 일을 적게 하거나 안 하는 사람은 비난받을 일도 '아예' 없더라는 것이다. 상당히 불합리하고 부조리하게 들리지만 기나긴 사회생활을 하는 동안 나는 이 말이 사실이라는 걸 깨달았다. 이런 모순을 일찌감치 깨우친 사람 중엔 어렵고 힘든 일은 아예 안 하려고 버티거나 요리조리 피해 다니기만 하는 사람도 있었다.

어릴 때 누군가로부터 이런 말도 들었다. "여자가 음식 잘해 봐야 평생 부엌에서 음식만 만드는 팔자 된다. 모름지기 자기가 잘하는 거 하면서 살게 되는 법이다. 그러니 음식이나 집안일 같은 거 잘하려고 애쓰지 마라." 그 말을 처음 들었을 때 나는 고개를 갸웃했다. '잘하면 일을 더 많이 시킨다니 그런 게 어딨어? 너무 부당하잖아.' 하지만 살다 보니 정말로 그랬다. 잘하면 잘한다고 더 시키고 성실하고 부지런하면 일복이 거머

리같이 끈질기게 들러붙었다. 문제는 하는 일이 많다 보니 실수나 잘못도 더 하게 되고 때로는 억울하게 비난까지 받게 된다는 것이다.

아예 아무것도 하지 않으면 아무 일도 일어나지 않는다. 성과도 없지만, 비난도 없다. 어쩌면 '아예'와 손잡는 것은 심간心肝이 제일 편하고 영리한 선택일지도 모르겠다. 그런데 그렇게 사는 게 과연 잘 사는 것일까?

아예, 하지 않으면 비난도 받지 않더라.

엄마가 누워 있는 병상 옆에서 문득 이런 생각이 들었다.

'간병을 해 보지 않은 사람이 오히려 효자, 효녀가 될 수 있겠구나.'

나는 하루에도 열두 번 선한 마음과 악한 마음 사이를 오락가락하며 산다. 선한 마음일 때는 묵묵히 고통을 감내하는 자기를 대견해하다가 악한 마음일 때는 이것밖에 안 되는 자신에게 실망하면서 죄책감으로 고통스러워한다. 어찌 됐든 스스로를 좋은 사람이라고 여기기는 어렵다. 오히려 겉 다르고 속 다른 인간인 것만 같아 환멸을 느끼는 순간들이 더 많다. 그런데 만약 내가 엄마를 보살피는 일에 별다른 노력을 기울이지 않는 딸이었다면 어땠을까? 언제나 엄마에게 웃어 주고 아파하는 엄마를 볼 때마다 애틋하고 애달픈 마음에 발을 동동 구르지 않았을까? 그런 생각이 들자 가슴 밑바닥에 똬리를 틀고 있던 억울함이 불쑥 고개를 쳐들었다.

얼마 전 준중환자실에서 본 할머니 한 분은 상태가 아주 위중했고 적어도 한 달 이상을 병상에 누워 있는 중이었다. 앞으로도 한동안은 병원에서 나갈 수 없을 거라고 했다. 하루는 말끔하게 차려입은 딸과 사위 내외가 병실로 찾아왔다. 얼굴 가득 환한 미소를 지으며 한없이 살가운 목소리로 엄마에게 인사를 건네고 있었다. 나는 그 모습에서 왠지 모를 거북함을 느꼈다. 아마도 노상 무표정한 얼굴로 목석처럼 앉아만 있는 나와 비교돼서였을 것이다. 하지만 그 화사한 딸은 보호자가 아니라 잠시 들른 문병객일 뿐이었다. 보호자로 보이는 사람은 중년의 남자였는데 병실이나 복도에서 마주칠 때마다 축 처진 어깨와 그늘진 얼굴이 먹구름에 갇힌 듯 캄캄하게만 보였었다.

순간 가슴에서 날카로운 통증이 느껴졌다. 그녀처럼 해맑은 미소를 지으며 책임감이 아닌 진심으로 엄마에게 다정해지고 싶다는 생각, 그 가당치 않은 바람이 칼날이 되어 나를 찔렀기 때문이다. 그런데 나도 분명 그랬던 적이 있었다. 적어도 수년 전까지는 눈물바람을 하며 응급실을 향해 허겁지겁 달려가곤 했었다. 수없이 같은 상황이 반복되는 동안 나의 감정은 마비되었고 영혼 역시 기계처럼 차가워져 버렸을 뿐이다. 그녀의 미소가 지금도 생생히 떠오른다. 그녀의 해맑음과 선함, 잠시뿐일 친절이 가슴으로 저릿하게 번져 온다. 부러움일 수도 자책일 수도 절망일 수도 있는 혼란스러운 감정들 속에서 한동안 병실 앞을 배회하기만 했다.

이와 비슷한 일을 회사에서도 겪었다. 전임자들이 꺼리며 하지 않았던 일을 나라도 해야겠다는 마음으로 해 놓았건만 감사를 받을 때는 그게 오히려 문제가 되었다. '아예' 안 했으면 확인하지도 않을 건데 일을 했으니 모든 게 다 감사 대상이라고 했다. 힘들게 한 일에 대해 무슨 죄인이라도 되는 것처럼 하나하나 소명해야 했을 때, 전임자들의 영리함이 새삼 부러웠다. 그리고 내가 어리석었다는 생각을 지울 수 없었고 한편으론 억울하기까지 했다. '아예 하지 않았으면 될 것을!' 이 한마디가 계속해서 마음속에서 아우성을 쳐 댔다.

'아예' 아무것도 하지 않는 사람은 마냥 착해질 수 있고 스스로 선과 악 사이에서 마음의 전쟁을 치를 필요도 없을 것이다. 하지만 곰곰이 생각해 보면 나는 '아예' 하지 않을 수는 없는 인간이다. 피치 못해서든 자의에 의해서든 그냥 뭐라도 하는 게 차라리 마음이 편하기 때문이다. 해야 한다는 걸 알면서도 '아예' 하지 않는다는 건 나로선 도저히 용납하기 힘든 일이다. 엄마를 보살피는 것에 대해서도 마찬가지이다. 나는 양극단의 감정을 품고 천국과 지옥을 오가면서라도 마땅히 이 일을 해내야만 한다. 나의 노고가 내가 품은 악한 마음으로 인해 인정받지 못하고 결국엔 비난만 받게 될지라도 달리 도리가 없다.

요즘 강하게 드는 생각은 모르는 것은 죄이고, 하지 않는 것은 악에 가깝다는 사실이다. 정말로 모를 수도 있고 모르는 척할 수도 있고 알면서 외면하는 것일 수도 있겠지만 어느 쪽도 진정한 선은 아니다. 그러니 일부러든 몰라서든 '아예' 하지 않는 이들도 악하고 비겁하기는 마찬가지이다. 성실해서 남보다 일을 더 많이 하는 사람들, 선해서 힘든 일을 도맡아 하는 사람들 그들이 어쩔 수 없이 품게 되는 악한 마음은 '아예' 하지 않는 사람들이 품은 선한 마음보다 훨씬 더 가치 있고 귀한 것이라고 믿는다. '아예' 하지 않는 사람들의 선함은 너무나 쉽고 가볍고 무책임한 것이기 때문이다. 언젠가 신 앞에서 내가 품었던 악한 마음을 심판받아야 하는 날이 온다면, 또다시 억울함에 치를 떨지도 모르겠다. 하지만 앞으로도 나는 '아예'와 손잡고 멀리 달아나 버리는 영리한 사람이 되기는 어려울 듯하다.

아예, 하지 않는 사람들을 부러워하지 말자.
악을 품은 선이 백치의 선보다는 한 수 위니까.

제대로, 된다면 모든 게

제대로 • 제 격식이나 규격대로
• 마음먹은 대로
• 알맞은 정도로
• 본래 상태 그대로

"제대로 좀 해 봐!" 우리는 타인의 실수나 잘못을 지적할 때 쉽게 이런 말을 내뱉곤 한다. '제대로'란 부사를 써서 상대방의 자존심을 할퀴며 공격하는 것이다. 비난을 들은 사람은 불쾌함에 입을 삐죽 내밀며 반문하게 된다. "제대로가 뭔데? 그러는 당신은 제대로 알기나 하고 말하는 거야?" 그런 물음에 몇이나 당당하게 나는 '제대로'라고 대답할 수 있겠는가? 아마도 대부분은 얼굴을 붉히며 속으로 부끄러워할 것이다.

이태원 참사를 다룬 다큐멘터리 〈크러쉬crush〉가 에미상 뉴스·다큐멘터리 부문 후보에 올랐다는 기사를 읽었다. 몇 해 전 드라마 〈오징어 게임〉이 전 세계적으로 흥행을 하고 에미상 후보로 선정되었을 때 대한민국은 온통 흥분과 기대로 떠들썩했었다. 실제 수상으로까지 이어지자 모든 언론에서 실시간으로 우리의 눈과 귀를 뜨겁게 달구기도 했었다. 하지만 〈크러쉬〉라고? 나는 이런 다큐멘터리가 있는지도 몰랐고 에미상 후보가 되었다는 것 역시 금시초문이었다.

이 다큐멘터리는 미국에서 제작된 작품이고 우리나라에선 방영조차

되지 않았다. 지금 당장 찾아서 보고 싶어도 정상적인 방법으로는 볼 수 조차 없다. 〈크러쉬〉는 이태원 참사 당시의 CCTV와 휴대전화 영상, 생존자, 목격자, 구조대원의 인터뷰 등을 토대로 만들어진 다큐멘터리이다. 한국에서 일어난 비극적인 참사 다큐멘터리가 외국 예산으로 만들어져 외국의 시상식에서 수상 후보에까지 오른 것이다. 주객이 전도된 듯한 이상한 현실 앞에서 또다시 허무와 무기력에 잠식될 수밖에 없었다. 참사 소식을 듣고 아무것도 믿기지 않았던 그때 그 순간처럼.

'나의 눈과 귀는 세상을 제대로 보고 있는 걸까? 아니 나는 제대로 살고 있기는 한 걸까?'

제대로, 된다면 모든 게

2024년 9월, 에미상 수상작이 발표되었다. 드라마 〈오징어 게임〉이 수상할 때보다 더욱더 두 손 모아 〈크러쉬〉의 수상을 기도했지만 결국 실패하고 말았다. 이태원 참사를 전 세계에 알리고 우리의 부끄럽고 추악한 민낯을 용기 내어 고백할 기회를 잃어버리고 만 것이다. 수상과 더불어 우리나라 국민도 〈크러쉬〉를 볼 수 있기를 기도했건만 부질없는 소망이 되어 버렸다. 진실을 제대로 밝혀야만 절망이 쓸고 간 폐허 위에 새롭게 피어날 희망의 씨앗도 뿌릴 수 있을 것이다. 누구의 입도 막지 않고 누구의 눈이나 귀도 가리지 않는 세상, 그것이 정말로 '제대로' 된 세상이 아닐까? 답답하기만 한 현실의 벽 앞에서 깊은 한숨만 터져 나왔다.

세월호 참사 때도 이태원 참사 때도 나는 늘 방관자에 불과했다. 삶이 그때의 사건들로 인해 달라진 것은 아무것도 없었다. 그저 멀리에서 지켜보며 가슴 아파했을 뿐 진상 규명을 위해 혹은 생존자나 유가족들을 돕기 위해 온몸으로 뛰어다니지는 않았다. 물론 각자가 올라야 할 인생의 산이 따로 있다고 말할 수도 있을 것이다. 하지만 그건 한낱 변명에 지나지 않는다. 참사의 현장에서 모든 걸 투신한 분들에게도 감당해야 할 자신만의 생은 있었을 테니까. 그런 면에서 나는 한 번도 비극적인 참사를 눈앞에 두고 '제대로' 된 대응을 해 본 적이 없는 무심하고 비겁한 사람이었다.

세상에 목소리를 낼 일이 전혀 없던 내가 이런 글을 쓰는 까닭은 어쩌면 지금껏 한 번도 '제대로' 살아 보지 못한 나를 통렬히 반성하기 위함이다. 그래 봤자 내가 할 수 있는 일이라곤 〈크러쉬〉란 다큐멘터리의 존재를 널리 알리는 것, 그리고 다큐멘터리를 찾아 감상함으로써 작품을 만든 분들의 노고를 응원하는 것, 은폐된 진실을 명확히 알기 위해 안간힘을 써 보는 것, 여전히 고통 속에 살고 있을 유가족이나 생존자들의 안온한 삶을 위해 기도하는 것, 마지막으로 내가 쓰는 글이 세상을 '제대로' 만드는 일에 조금이라도 보탬이 되도록 노력하는 것 정도겠다. 그런데 이렇게 찾다 보니 해야 할 일이, 아니 할 수 있는 일이 전혀 없는 것도 아니었다.

언젠가 한 정신과 의사가 용서를 구하는 데에도 적당한 때가 있는 법이라고 했다. 상처받고 고통당한 사람의 진심을 헤아리지 않는 일방적인 사과는 '제대로' 된 사과가 아닐뿐더러 피해자를 오히려 두 번 죽이는 일이라는 것이다. 그럼 '제대로' 된 사죄와 용서는 어떻게 이루어져야 할까? 우선 진실이 무엇인지부터 밝혀야 한다. 진실을 정확히 규명해야만 피해받은 사람도 피해를 준 사람도 어디서부터 어디까지가 잘못인지 분명히 알 수 있기 때문이다. 그래야 피해자도 가해자를 용서할지 말지를 결정할 수 있는 것이다. 진실을 모두 알고 난 후에도 피해자가 도저히 받아들일 수 없는 일이라면 가해자는 피해자가 마음의 준비가 될 때까지 섣불리 죄를 빌어서도 용서를 강요해서도 안 된다. 그렇다고 모르는 척하라는 게 아니다. 피해자가 용서를 받아 줄 수 있을 때까지 언제까지라도 무릎을 꿇고 기다리겠다는 진심을 표현해야만 하는 것이다.

그런데 지금 우리 사회는 어떠한가? 두 번의 참사가 있었고 수많은 피해자가 있었지만, 가해자는 실체조차 명확하지 않은 상태이다. '제대로' 된 용서를 구하려는 노력은커녕 '제대로' 된 진실조차 밝히지 않은 상태에 머물러 있는 것이다. 이런 일들을 반복적으로 겪는 동안 어쩌면 우리는 지독한 허무주의에 빠져들고 있는지도 모르겠다. 애초에 '제대로' 같은 건 세상에 존재하지 않는다고 외면하면서 말이다. 하지만 어떤 경우에도 부당한 힘의 횡포에 둔감해져서는 안 된다. 진실이 무덤에 파묻히는 세상 역시 절대로 용인해서는 안 된다. 〈크러쉬〉에 대한 한 기자의 기사문 하나가 서서히 닫혀 가던 양심의 문을 느닷없이 두드렸듯이, 이 글도 망각의 호수에 파문을 일으키는 작은 돌멩이 하나가 되어 주었기를 기도한다.

제대로, 된다면 모든 게

진실부터 '제대로' 밝혀야 한다.

에필로그_ 작가의 말

마침내, 내 글이 책이 된다

섬광처럼 떠오른 아이디어 하나로 이 책은 시작되었다. 부사 하나로 글을 쓴다는 것은 흥미롭고 짜릿했지만 때로는 고통스럽고 부담스러웠으며 때로는 지긋지긋하기도 했다. 하지만 묵묵히 브런치스토리에 매주 연재를 이어 나갔고 한 편 한 편 벽돌을 쌓아 집을 짓듯 글을 완성해 냈다. 이 모든 여정을 마무리 짓는 지금과 가장 잘 어울리는 부사로 '마침내'만 한 게 또 있을까?

'마침내'라는 부사는 '마침'이란 단어의 의미 그대로 끝을 의미한다. 바라던 결말이 이루어졌을 때나 원하지는 않았더라도 충분히 예정되어 있던 결말을 맞이했을 때 우리는 '마침내'라는 말을 쓴다. 특히 이 부사는 영화 〈헤어질 결심〉을 통해 많은 사람의 머릿속에 인상적으로 각인되었다. 여주인공 서래가 한 대사들 때문이다.

"산 가서 안 오면 걱정했어요. 마침내 죽을까 봐."

서래가 죽은 남편을 두고 한 말이다. 이 말에 영화 속 인물들뿐만 아니라 영화를 보는 관객들 역시 적잖이 당황했다. 누군가의 죽음을 두고

'마침내'라는 말을 쓰지는 않기 때문이다. '마침내'라는 부사 하나 때문에 그녀가 남편의 죽음을 원했거나 이미 예상했던 건 아닌가 하고 의심하게 된다.

"그날 밤 시장에서 우연히 나와 만났을 때, 당신은 다시 사는 것 같았죠? 마침내."

서래가 헤어졌다가 다시 만난 해준에게 한 말이다. 죽을 것처럼 서래를 그리워했던, 아니 서래를 그리워하다가 죽은 거나 마찬가지가 되었던 해준이기에 '마침내' 사는 것 같았을 거라는 서래의 말은 정곡을 찌르는 진실이었다. 그리고 서래 역시 그를 다시 만나고 나서야 '마침내' 사는 것 같아졌음을 고백하는 것이기도 했다. 서로를 애타게 그리워하던 두 남녀의 재회는 간절한 바람이 이루어진 '마침내'였다.

영화가 끝나고 나서도 그녀가 읊조리듯 말하던 '마침내'가 잊히지 않고 오래 남아 있었다. 나 역시 위험하고 불경스러운 '마침내'를 품은 적이 있었다. 감히 입 밖으로 꺼내어 말할 수도 없고 차마 글로 적을 수도 없어서 가슴속에만 은밀한 비밀로 숨겨 두었을 뿐이다. 한편으로는 간절한 소망을 담은 '마침내' 역시 가지고 있다. 내 소설이 좋은 평가를 받게 된다거나 내 글이 책으로 출간되는 일이 '마침내' 이루어지기를 바라고 또 바란 것이다. 그런 점에서 〈부사가 없는, 삶은 없다〉의 출간은 내게 꿈 같고 기적 같기만 한 '마침내'이다.

하루는 아이를 낳는 꿈을 꾸었다. 더는 아이를 낳을 수 없는 내게 둘째의 탄생은 황홀할 만큼 놀랍고 감격스러운 일이었다. 아침에 눈을 뜨고 나서도 한참 동안 심장이 마구 뛰고 가슴이 벅차올랐다. 그런데 바로 그날 출판사로부터 출간 제의 메일을 받은 것이다. 우연이라고 하기엔 말도 안 되게 신기하고 놀라웠다. 출판사 대표님은 〈부사가 없는, 삶은 없다〉를 저마다의 사연들을 간직하고 있을 더 많은 사람들과 공유하고 싶다고 하였다.

나는 이성보다 감성에 끌리고 논리보다 감을 믿는 사람이다. 살면서 먼저 손 내밀어 준 이들을 내 쪽에서 뿌리친 적은 거의 없었다. 이번에도 나는 출판사 대표님의 진심을 믿었고 그 손을 덥석 잡았다. 이 인연이 어떻게 흘러가든 〈부사가 없는, 삶은 없다〉의 운명이라고 생갹했기 때문이다. 아니 결국엔 글을 쓰는 나의 운명이기도 할 것이다. 출간 계약서에 사인하는 순간 주사위는 하늘 높이 던져졌다. 그리고 책이 세상에 나오는 순간 주사위는 뒤집힌 것이다. 니체는 던져지는 주사위를 두려워하지 말고 운명을 긍정하고 사랑하라고 했다. 주사위는 계속해서 다시 던지면 되는 것이니까. 이 세상엔 에세이를 쓰는 수많은 소위가 있고 소설을 쓰는 수많은 김하진도 있다. 그 안에서 내 글이 생명을 얻어 비상의 날개를 달고 날아오를 수 있을까? 안될 이유를 찾으면 수도 없이 많을 것이다. 그러나 오늘도 나는 '마침내' 될 이유 한 가지를 찾아 가슴에 품은 채 이렇게 글을 쓰고 있다.

소소한 일상의 **위**대한 힘으로.

마침내, 내 글이 책이 된다.

그리고 내 운명이 될 것이다.

저를 믿고 따뜻하게 손잡아 주신 채륜서의 서채윤 대표님과 다정하고 섬세하신 김미정 편집자님, 그리고 아름다운 그림으로 책을 빛내 주신 무아님께 깊은 감사를 전합니다. 브런치스토리 구독자, 블로그 이웃, 스레드 친구까지 저의 글에 아낌없는 응원과 격려를 보내 주신 수많은 얼굴 없는 독자들 덕분에 이 책이 세상에 나올 수 있었습니다. 다시 한번 두 손 모아 인사드립니다. 진심으로 감사합니다.

부사가 없는, 삶은 없다

1판 1쇄 펴낸날 2025년 5월 30일

지은이 소위

책만듦이 김미정
책꾸밈이 디자인나울

펴낸곳 채륜서 **펴낸이** 서채윤
신고 2011년 9월 5일(제2011-43호)
주소 서울시 광진구 자양로 214, 2층(구의동)
대표전화 02.465.4650 **팩스** 02.6442.9442
book@chaeryun.com www.chaeryun.com

책값은 뒤표지에 있습니다.
ISBN 979-11-85401-85-0 03810